Pannetjes in de mist

Voor de kinderen van de basisscholen Het Welink en St. Liborius in Dinxperlo die 'pannetjes doen'.
En natuurlijk voor alle andere kinderen die er niet voor terugschrikken iemand te helpen.

Pannetjes in de mist

Peter Vervloed

© 2003 Educatieve uitgeverij Maretak
Postbus 80, 9400 AB Assen

Illustraties: Roel Ottow
Vormgeving: DBD design/Ruurd de Boer BNO
ISBN 90 437 0190 4
NUR 140
AVI 8

Eerst even dit ...

Achter zijn computer verzint de schrijver gebeurtenissen, plaatsen en personen.
Maar ... dat is niet alles.
Ergens moet de schrijver zijn inspiratie vandaan halen. Peter Vervloed reist vaak het land door om te vertellen over zijn boeken. Op een dag was hij op bezoek in Dinxperlo. Kinderen van de groepen 7 van basisscholen Het Welink en St. Liborius vormden zijn publiek. Toen het verteluurtje bijna om was, stonden een paar kinderen op.
'Wij moeten pannetjes gaan doen', zeiden ze.
'Wat is dat?' vroeg de schrijver.
'We brengen warm eten naar bejaarde mensen', was het antwoord.
Dat idee liet Peter Vervloed niet meer los. Hij ging op onderzoek uit en hoorde over fietsen door weer en wind, over een vakantiegroet, over geen gehoor krijgen ...
Natuurlijk is dit verhaal verzonnen, maar de gebeurtenissen in Dinxperlo hebben de schrijver geïnspireerd.
Zo gaat dat.

Is er bij jou op school wel eens iets gebeurd waar je een boek over zou kunnen schrijven? Laat het dan weten. Schrijvers zijn altijd op zoek naar onderwerpen. En wie weet wordt er dan een boek geschreven over jou, je klas of je school ...

Peter Vervloed
E-mail: pvervloed@planet.nl
Website: www.petervervloed.nl

5

1 De waarheid

Deze maandagmorgen is Sander eerder wakker dan zijn wekkerradio. Hij staart naar de rode cijfertjes die 6:15 aangeven. Zelfs in de slaapkamer van zijn moeder is het nog stil. Ook zijn opa hoort hij niet, maar dat is geen wonder. Opa slaapt elke dag uit. Alleen als zijn darmen weer eens opspelen, stommelt hij in de loop van de nacht nogal eens naar de wc in de badkamer. Maar de laatste weken gaat het wat beter met zijn darmen. De nachtelijke flodderuitstapjes, zoals Sander die noemt, blijven achterwege.

Sander stapt uit bed en trekt het gordijn een stukje opzij. Ook op straat is geen levende ziel te bespeuren. Ik waak over de stad, denkt hij. Als er een ramp gebeurt, ben ik paraat. Slaap maar lekker, beste mensen. Sander blijft op zijn post.

Hij grinnikt. Natuurlijk weet hij waarom hij zo vroeg wakker is. Het hele weekend heeft het geluksgevoel in zijn lijf gezeten. Het verplaatste zich van zijn hoofd naar zijn buik en van zijn buik naar zijn wangen. Die gingen ervan gloeien. Maandag 'pannetjes doen', vertelde dat gevoel hem. Maandag 'pannetjes doen'.

Nu is het maandag en ... Sander balt zijn vuisten en duwt ze tegen elkaar. 'Vandaag 'pannetjes doen'', zegt hij tegen het raam. Dat beslaat ervan.

Toen meester Roel hem afgelopen vrijdagmiddag had verteld dat hij de gelukkige was geworden, had hij zijn blijdschap niet kunnen verbergen. Hij was van zijn stoel gesprongen en had met uitgestoken armen een schommelende beweging gemaakt. De rest van zijn lijf moest wel meedoen. Dat dansje

had hij ooit een voetballer uit Zuid-Amerika zien uitvoeren
na een doelpunt uit een magnifieke vrije trap.
Sander beschouwt zijn uitverkiezing ook als een meester-
schot. Al vijf kinderen uit de klas brengen elke dag een
koffertje´met warm eten naar bejaarden in de stad. Dit
'pannetjes doen' is erg populair. Je verdient er lekker mee:
50 eurocent per keer en soms nog een extra fooi als je jarig
bent. Dat geld kan Sander goed gebruiken. Toen er nog een
vrijwilliger nodig was, had hij zich meteen opgegeven,
samen met nog vijf andere kinderen.
'De kans is een op zes', had zijn moeder gezegd. 'Verheug je
er maar niet te veel op.'
Dat probeerde Sander ook, maar hij bleef zijn kansen afwe-
gen. Hoe zou meester Roel de uitverkiezing aanpakken?
Loten? Dat was het eerlijkst. Maar de meester had een heel
ander idee. De zes kinderen die graag elke dag met een

koffertje warm eten achter op de fiets rond wilden rijden,
moesten een verhaal van minstens honderd woorden schrijven met als titel:

Waarom ik pannetjes wil doen

Die titel had meester Roel vorige week dinsdag met dikke
krijtletters op het bord gekalkt.
'Een jury, bestaande uit juf Hannie van het zorgcentrum en
ik, zal alle inzendingen beoordelen', had hij met een ernstig
gezicht gezegd.
Dat had Sander gesnapt.
'Over de uitslag kan niet gecorrespondeerd worden', had
meester Roel toen gelachen.
Daar begrijpt Sander nog steeds niets van.
Thuis was hij meteen aan de slag gegaan, maar het was niet
meegevallen. Ik wil gewoon geld verdienen, had hij achter
zijn computer gedacht. Meer niet.
'Schrijf dat dan op', had zijn moeder voorgesteld.
Sander had zijn hoofd geschud. 'Klinkt zo stom.'
'Het is de waarheid.'
'Eigenlijk moet ik schrijven dat ik er bejaarde mensen mee
help. Dat zij slecht ter been en ziekelijk zijn. Dat zij zelf niet
kunnen koken en ...'
'Wat een ellende. Schrijf dan ook maar op dat je die pannetjes met warm eten graag gratis wilt brengen.'
'Dat meen je niet.'
'Het is maar een voorstel', had zijn moeder lachend gezegd.

Voor Sander was zijn uitverkiezing als een volslagen verrassing gekomen. Voor zijn vriendje Simon ook, want die had
als enige zijn verhaal mogen lezen.

9

'Dit verhaal is je doodvonnis', had Simon met een grafstem gezegd.

'Aardig vriendje ben jij.'

'Ik moest toch de waarheid zeggen?'

'Toch lever ik het in.'

Simon had zijn schouders opgehaald. 'Daarmee geef je in ieder geval de vijf anderen een goede kans. Sportief van jou.' Meester Roel had verteld dat de keuze op Sander was gevallen, omdat hij een eerlijk verhaal ingeleverd had. De andere kinderen hadden inderdaad geschreven over de zielige oude mensen die ze gingen helpen en de goede daden die ze zouden doen. Sanders verhaal was kort, maar krachtig. Hij wilde gewoon een zakcentje verdienen en dat hij daarmee bejaarde mensen hielp, was mooi meegenomen. Einde!

'Het begin van een glansrijke carrière in de bejaardenzorg!' had meester Roel geroepen.

Als Sander onder de douche staat, tintelt het prettige gevoel nog steeds door hem heen. De school is tussen de middag om twaalf uur uit, maar hij mag een kwartier eerder weg. Samen met de vijf andere kinderen. Om twaalf uur precies moeten ze in de hal van het zorgcentrum zijn. Daar krijgen ze van juf Hannie hun koffertje met de naam en het adres van de bejaarde. Dat moet snel naar de klant vervoerd worden. Operatie 'pannetjes doen' komt elke dag terug, weer of geen weer.

'Vandaag is het je eerste keer, hè?' vraagt moeder onder het eten.

Sander knikt met volle mond.

'Ik fiets wel met je mee.'

Met open mond kijkt Sander zijn moeder aan.

'Dit is geen prettig gezicht, jongen.'

Sander slikt zijn brood met pindakaas moeizaam door. 'Ik ... ik ... dat meen je niet.'

'In de brief die jij vrijdag meegekregen hebt, wordt dat aangeraden.'

'Ik ben geen klein kind meer.'

'Het is een hele verantwoording, Sander. Als je de weg kwijtraakt of ...'

'Of wat?'

Moeder haalt haar schouders op. 'Eigenlijk wil ik even kennismaken met de bejaarde die jij eten gaat brengen.'

'Je bent gewoon hartstikke nieuwsgierig.'

Moeder lacht. 'Ook dat, ja.'

'Ik fiets alleen. En ik weet beter de weg dan jij. Een paar weken geleden ...'

'Hou maar op!' roept moeder. 'Ik geef me gewonnen. Maar als er iets gebeurt ...'

'Ben jij de eerste die het te weten komt', vult Sander aan.

2 Dankjewel, jongeman

Het is bijna kwart voor twaalf. Sander gluurt naar zijn vriend Simon, die al een halfjaar pannetjes doet. Simon zit nog rustig te werken. Hij schijnt de tijd helemaal vergeten te zijn. Ook de andere kinderen die naar het zorgcentrum moeten, maken geen aanstalten.

'Psst!' doet Sander.

Meester Roel kijkt op. Hij is aan de werktafel bezig enkele kinderen sommen uit te leggen. Dan mag hij alleen gestoord worden als er drie kamelen langs het raam lopen.

'Goede imitatie van een slang, Sander', zegt hij. 'Maak je even je werk af, voordat je er beroemd mee wordt?'

Enkele kinderen grinniken.

Met een benauwd gezicht wijst Sander naar de klok boven de deur.

'Ja, dat is een klok, Sander. Jouw intelligentie blijft me verbazen.' Overdreven hoofdschuddend bemoeit meester Roel zich weer met zijn rekengroepje.

Zo gauw de grote wijzer de negen raakt, ruimt Simon zijn spullen op. Hij wenkt Sander. 'Kom.'

Sander knikt. Hij probeert alles vanaf zijn tafel in zijn laatje te schuiven, maar dat mislukt jammerlijk. Het rekenboek klettert op de vloer, potlood en vulpen in zijn val meeslepend. Alleen de gum komt veilig in zijn laatje terecht.

'Lukt het, Sander?' vraagt meester Roel met opgetrokken wenkbrauwen. 'Ik hoop dat je met je koffertje voorzichtiger omgaat, anders moet ik iemand anders zoeken. Kandidaten genoeg.'

Het wordt stil in de klas. Meent meester Roel dat?

Met een sip gezicht kijkt Sander hem aan.

Meester Roel loopt naar hem toe en knijpt hem zacht in zijn nek. 'Je bent zenuwachtig, hè?'

'Ja', fluistert Sander.

'Dat is de gewoonste zaak van de wereld. Daar hoef je je niet voor te schamen. Ik weet zeker dat je jouw eerste pannetje met succes weg zult brengen en nog een heleboel pannetjes daarna.'

Sander knikt, maar hij is er niet zo zeker van.

Achter Simon loopt Sander de hal van het zorgcentrum in. Hij is er maar één keer geweest. Dat is jaren geleden, toen opa een vriend ging opzoeken die in het centrum verpleegd werd. Sander mocht mee. De vriend lag met een wit gezicht en ingevallen wangen in het veel te grote bed. Hij bleek opa niet meer te kennen.

'Ik ben Herman!' had opa in zijn oor geroepen.

'Ik ben Janus! Wie ben jij?' had de vriend teruggeroepen.

'Ik ben Herman!' had opa weer geroepen.

Dat was zo een tijdje doorgegaan tot een verpleegkundige met een verschrikt gezicht binnen was gekomen.

'En wie ben jij?' had de vriend naar haar geroepen.

Daar was het bij gebleven.

'In dat zorgcentrum zien ze me niet meer terug', had opa op de terugweg gemompeld. 'Je wordt er gek van. En je gaat er dood.'

Nu woont hij alweer twee jaar bij Sander en zijn moeder in huis. Als zijn darmen hem met rust laten, is hij een zachtaardige oude man.

Op een grote tafel staan tientallen gele koffertjes. Een mevrouw met een mooi, rond gezicht en blonde krulletjes glimlacht naar Sander.

'De eerste keer?' vraagt ze.

'Ja.'

Ze steekt haar hand uit. 'Ik ben Hannie.'

'Ik ben Sander', zegt hij, terwijl hij haar hand schudt.

'Zenuwachtig?' vraagt Hannie.

'Valt wel mee', antwoordt Sander, maar zijn woorden zijn nauwelijks te horen. Het lijkt of zijn keel dicht zit. Hannie overhandigt hem het koffertje. Het is zwaarder dan hij had gedacht. Daarom laat hij het met een klap op de tafel terugvallen. De kinderen om hem heen lachen.

'Nu zitten er geen aardappeltjes meer in, maar puree', zegt Hannie. 'Maar dat lust mevrouw Belle ook wel. Het is voor haar trouwens ook de eerste keer.'

Sander krijgt een kleur. Stommerik! scheldt hij zichzelf uit, terwijl hij rood wordt tot in zijn nek.

'Kom, we gaan', zegt Simon.

Sander is blij dat hij weg kan.

'Succes!' roept Hannie hen na. 'En denk eraan: wees netjes en beleefd.'

Simon en Sander fietsen weg.

'Waar moet jij heen?' vraagt Simon.

Meteen knijpt Sander in zijn handremmen. 'Dat weet ik nog niet.'

'Staat op je koffertje', zegt Simon.

'Mevrouw Belle, De Hoogakker 16', leest Sander.

'Oei, dat is een eind weg!' roept Simon.

Sander zucht. 'Minstens een kwartier rijden.'

'Je krijgt je geld niet voor niks', zegt Simon grinnikend.

'Maar je helpt er een zielig oud mensje mee. Zoiets had je toch opgeschreven?'

'Haha', doet Sander.

Aan het eind van de straat moet Simon rechtsaf. Hij zwaait.
Sander moet alsmaar rechtdoor. De Hoogakker ligt aan de
grens van de stad. Er staan een paar oude, lage huisjes. Ze
leunen vermoeid tegen elkaar aan. De daken zijn ingezakt. In
het middelste huisje woont de mevrouw die met een hon-
gerige maag op haar middageten zit te wachten. Als hij
daaraan denkt, voelt Sander dat zijn eigen maag ook leeg is.

Bij nummer 16 belt Sander aan en wacht. Bellen bij Belle,
denkt hij grinnikend.
Achter het raam van het huisje gebeurt niets. De vaalwitte
gordijntjes blijven onbeweeglijk hangen. Er is geen geluid te
horen.
Sander drukt nog een keer op de bel, langer nu. Uw eten
wordt koud, mevrouw Belle, denkt hij.
Het lijkt of het huisje ook met ingehouden adem staat te
wachten op wat er gebeuren gaat. Nu hoort Sander geschui-
fel aan de andere kant van de deur. Er wordt boven en onder
wat gerommeld, een sleutel draait twee keer in het slot en
krakend komt er beweging in de deur. Het lijkt of er een
kluis geopend wordt.
Knibbel, knabbel, knuistje, denkt Sander.
'Ja?' klinkt een vriendelijke stem.
Sander houdt zijn koffertje omhoog.
'Mooi hoor, maar ik koop niks aan de deur, jongeman.'
'Ik ... ik kom uw eten brengen, mevrouw.'
De deur gaat iets verder open. Sander ziet een smal gezichtje,
omkranst door zilvergrijze haren.
'Ik heb nog geen honger', zegt mevrouw Belle.
Ik anders wel, denkt Sander. Als u niet opschiet, eet ik voor
uw deur het koffertje leeg. 'Maar ik kom bij u pannetjes
doen.'

15

De deur gaat nu helemaal open. Sander dacht dat mevrouw Belle gebukt stond, maar nu ziet hij dat ze maar een paar centimeter groter is dan hij.

'Oh!' roept mevrouw Belle. 'Zeg dat dan meteen, jongeman. Kom binnen. Hoe heet je?'

Sander noemt zijn naam en geeft haar een hand. Achter haar aan loopt hij het smalle gangetje door. Hij moet zijn pas inhouden, want mevrouw Belle neemt er de tijd voor.

Ze komen in een kamertje. Sander moet onwillekeurig aan een poppenhuis denken, zo klein is alles. Hij kijkt rond. Nu ziet hij dat er overal in het kamertje poppen staan. Het zijn ouderwetse poppen. Sommige zijn bijna net zo groot als mevrouw Belle. Ze hebben allemaal gezonde bolle wangen, een flinke pruik met zwart, rood, blond of bruin krullend haar en een kersenrood glimlachje. Het zijn allemaal meisjes en ze kijken met een gelukzalige blik de wereld in.

'Mooi, hè?'

Sander knikt.

'Ben ik na die verschrikkelijke oorlog mee begonnen.'

'De Tweede Wereldoorlog?'

'Ja, zo noemen jullie die.'

'Hoeveel poppen hebt u?'

'Weet ik niet, ik ben de tel kwijtgeraakt. Na die verschrikkelijke oorlog wilde ik lieve, onschuldige dingen om me heen. Daarom ben ik begonnen met mijn verzameling. Elke dag kam ik de haren van mijn poppen. Daar ben ik uren mee bezig, maar dat geeft niks. Je haren zijn de bekroning van je gezicht, vind ik.'

Goed dat meester Roel dat niet hoort, denkt Sander. Zijn hoofd is zo kaal als een biljartbal.

'Ik was en strijk hun kleren vaak, want ze moeten er netjes uitzien', gaat mevrouw Belle verder.

'Uw eten wordt koud.'

Mevrouw Belle schuifelt naar het keukentje en komt terug met een tafelzeil, twee borden en bestek. 'Help je even mee, jongeman?'

Ze dekken de tafel.

'U hebt toch aan één bord genoeg?' vraagt Sander.

'Jij eet mee. Ik kan alles niet alleen op en ik gooi nooit eten weg!'

Sander hoort aan haar stem dat ze geen tegenspraak duldt. Hij trekt zijn jas uit en hangt hem over een stoel. Die ene keer wil hij wel een hapje mee-eten.

Sander pakt het koffertje uit. Even later zitten ze samen te eten. De spinazie, het halve karbonaadje – de grootste helft mocht hij hebben – en de aardappelpuree smaken lekker. Het chocoladepuddinkje lepelt mevrouw Belle zelf helemaal op. Ze geniet er zichtbaar van. 'Ik ben een zoetekauw.'

Na het eten ruimen ze samen alles weer af. Sander spoelt de bakjes schoon en bergt ze weer op in het koffertje. Dan trekt hij zijn jas aan. Hij kijkt op zijn horloge. Oei, hij moet opschieten, want ook de kinderen die pannetjes doen mogen 's middags niet te laat op school komen.

'Tot morgen, mevrouw', zegt hij.

'Ga je nu al?'

'Ik moet naar school.'

'Natuurlijk. Tot morgen, jongeman. En denk eraan: je haren zijn de bekroning van je gezicht.'

Verbaasd knikt Sander. Gek mens, denkt hij.

Sander bindt het lege koffertje onder de snelbinders en springt op zijn fiets. Hij rijdt zo hard dat het lijkt of hij van het huisje wegvlucht. Toch denkt hij met een glimlach aan mevrouw Belle terug. Halverwege komt hij erachter dat hij vergeten heeft zijn beloning van 50 eurocent te vragen. Stom! Dat komt morgen wel. Nog stommer is dat hij zijn moeder niet heeft laten weten dat hij bij mevrouw Belle gegeten heeft. Op school maar even naar huis bellen.

3 Trieste en stoere verhalen

Gelukkig is zijn moeder meer opgelucht dan kwaad als hij belt.

'Ik had toch met je mee moeten fietsen', zegt ze.

'Er was niet genoeg eten voor drie personen.'

'De volgende keer moet je echt iets laten weten, jongen. Ik heb vreselijk in angst gezeten. Vooral toen meester Roel vertelde dat jij allang weg was met je koffertje.'

'Sorry, mama. Nu moet ik de klas weer in.'

'Tot straks, Sander. Eet je vanavond wel thuis?'

'Als je frites met kip op tafel zet, wel.'

'Misschien mag je een keer bij die mevrouw Belle logeren. Zal ik je pyjama vast inpakken?'

'Leuk hoor.'

Sander legt de hoorn terug en loopt vlug naar zijn klas. In het taalboek staat een lesje over de Tweede Wereldoorlog en meester Roel heeft beloofd een spannend verhaal te vertellen.

'We doen vanmiddag taal en geschiedenis in één klap', had hij gezegd. 'Misschien kunnen we samen een tentoonstelling inrichten over 1940-1945.'

Als Sander de klas in komt, gebaart meester Roel dat hij snel moet gaan zitten. Sander ziet dat de stoel van de meester al voor het bord staat.

'Vertelkring!' roept meester Roel. Met zijn wijsvinger maakt hij een grote cirkel.

'Yes!' hoort Sander om zich heen. Zelf doet hij ook mee.

Vlug zetten de kinderen hun stoelen in een cirkel om meester Roel heen. Hij slaat een groot boek open.

'Op 10 mei 1940 vielen Duitse troepen onverwachts ons land binnen', begint hij. 'De bezetting die daarop volgde, heeft aan ontelbare mensen het leven gekost. Vooral joodse landgenoten en zigeuners hebben vreselijk geleden in concentratiekampen. Dit is het verhaal van een ooggetuige.'

Meester Roel kijkt de kinderen doordringend aan. Hij begint te vertellen over duizenden sterk vermagerde mannen die 's morgens stram in de houding moesten gaan staan. Ze waren gevangenen.

'Elke dinsdag vertrok er een locomotief met een lange rij goederenwagons erachter naar ... ja, dat wist niemand precies. Ook de mensen buiten het concentratiekamp niet. Eén ding was zeker: de trein bracht nooit mensen mee terug. En je hoefde er ook geen kaartje voor te kopen. Er gingen geruchten over gaskamers en schoorstenen die zwarte rook uitbraakten in een koud en leeg land. Dag en nacht, weer of geen weer. De locomotief met het steeds langer wordende lint van veewagens werd in het kamp al gauw 'de dodentrein' genoemd. Elke dinsdag moesten 600 tot 1000 gevangenen met die trein mee. Nu was het weer dinsdag. Wie zullen deze keer gekozen worden? vroeg iedereen zich af. Zal ik het zijn? Of mijn beste vriend? Of de brutale kerel die gisteren mijn laatste korstje brood gestolen heeft? De kampcommandant kwam op een verhoging staan, klakte de hakken van zijn zwarte laarzen tegen elkaar en begon met luide stem de namen op te lezen. Als je naam genoemd werd, moest je uit het gelid stappen en je spullen pakken. Dat was snel gebeurd. De meeste gevangenen hadden niets meer.

'Je nam met een stille handdruk of een voorzichtige omhelzing afscheid van je medegevangenen die de wagons in werden geranseld', vertelt meester Roel verder. 'Toch maakte na zo'n dinsdag verdriet snel plaats voor opluchting. Ik was er deze keer niet bij, las je op elk gezicht. Maar ... een week gaat snel voorbij. Voor je het wist, was het donderdag, vrijdag. Dinsdag kwam dichterbij. Voor dag en dauw stonden weer duizenden sterk vermagerde mannen stram in de houding. Wie zou dit keer met de dodentrein mee moeten naar een onbekende bestemming?'

Meester Roel stopt. Het blijft onwerkelijk stil in de klas. 'Wij gaan een tentoonstelling maken over de Tweede Wereldoorlog', fluistert meester Roel dan. 'Niet over dappere soldaten, geweren en kanonnen, maar over gewone mensen. Daarvoor moeten we verhalen van ooggetuigen verzamelen. Van mensen uit onze stad die de oorlog meegemaakt hebben. Niet alleen de trieste, maar ook de stoere en zelfs de grappige verhalen. Sommige mensen hebben de oorlog overleefd door humor. Die lachten de ellende van zich af.'

Sander moet meteen aan mevrouw Belle en haar poppen denken. Zou zij hem willen vertellen over haar oorlog? En zijn opa? Die heeft er nog nooit een woord over gezegd. Sander heeft er trouwens ook nooit naar gevraagd. Het wordt de hoogste tijd.

Als Sander thuiskomt, zit opa op zijn vertrouwde plekje de krant te lezen. Dat plekje is de hoek van de bank. Opa zit een beetje onderuitgezakt. Dat is prettig voor zijn darmen. Zijn voeten rusten op een poef. Dat is weer prettig voor zijn voeten.

'Hallo opa, waar is mama?'

'Boodschappen doen.'

'Wat eten we vanavond?'

'Frites met kip, zoals jij besteld had. Hoe was het op school, jongen?'

Deze vraag stelt opa elke dag. Sander probeert zich er altijd snel vanaf te maken met een kort antwoord. Deze keer gaat hij tegenover opa zitten.

'Meester Roel heeft verteld over de Tweede Wereldoorlog',
zegt hij.
Opa knikt met een ernstig gezicht en strijkt met zijn hand
over zijn buik. 'Nare tijd.'
Meteen heeft Sander er spijt van dat hij het onderwerp ter
sprake heeft gebracht.
'Maar ...', gaat opa met een lachend gezicht verder, 'we
hebben ook vreselijk veel plezier gehad. Ik kan me nog goed
herinneren dat mijn vriend Janus als vrouw verkleed aan de
Duitse soldaten ontsnapt is.'
'Wacht even, opa, ik pak pen en papier.'
'Waarom?'
Sander vertelt over de tentoonstelling. Zo gauw hij weer zit,
gaat opa verder. Het lijkt of hij geen tijd wil verliezen.
'Doordat in Duitsland alle jongens en mannen als soldaat
moesten vechten, kwamen ze in de fabrieken die tanks,
vliegtuigen en munitie moesten maken arbeiders te kort. Dus
moesten die uit de bezette gebieden komen. Enorme aanplakbiljetten beloofden gouden bergen als je in Duitsland
ging werken. Bijna niemand geloofde de schreeuwerige taal
op die aanplakbiljetten. Er kwamen dus te weinig vrijwilli-
gers. Daarom begonnen de Duitsers alle mannen die in een
bepaald jaar geboren waren, op te roepen. In ons dorp
waren de mannen aan de beurt die in 1924 geboren waren.
Janus hoorde daar ook bij, maar natuurlijk had hij geen zin
om in Duitsland te gaan werken. Hij had gehoord dat je daar
slecht behandeld werd en amper te eten kreeg. Toen hij de
oproep kreeg, heeft hij hem dan ook woedend verscheurd.
Maar de Duitsers lieten het er natuurlijk niet bij zitten. Op
een dag bezetten overvalwagens het dorpsplein. Het hele
dorp werd door tientallen soldaten met het geweer in aanslag uitgekamd. Alle mannen die geweigerd hadden aan de

oproep gehoor te geven, werden uit hun huizen geplukt en
in de wagens gesmeten. Janus zat als een rat in de val. Hij is
toen naar de kamer van zijn ouders gerend en heeft een jurk,
een hoed en schoenen van zijn moeder aangetrokken. Het
was een enorme bloemetjesjurk. Geen gezicht. Hij is op zijn
moeders fiets gesprongen en het dorp uit gereden.
Later vertelde Janus me dat die jurk zo hoog opbolde in de
wind, dat hij bang was dat zijn onderbroek te zien zou zijn.
En hij had geen witte damesonderbroek met kantjes aan.
Maar de Duitse soldaten die hij onderweg tegenkwam,
groetten hem vriendelijk. Sommigen floten hem zelfs na.
Janus is dus ontsnapt aan de arbeidsdienst in Duitsland. Hij
heeft jaren ondergedoken gezeten op een boerderij in de
omgeving. De Duitsers hebben hem nooit kunnen pakken.
Dat was maar goed ook, want onderduikers eindigden hun
leven meestal in een concentratiekamp in Polen of ze kregen
zonder pardon de kogel.' Opa kromt zijn wijsvinger en doet
net of hij op Sander schiet.
'Maar ... u bent toch ook in 1924 geboren?' vraagt Sander.
'Moest u niet naar Duitsland?'
'Eh ... ik had een ontheffing, omdat ik thuis de enige zoon
was. Ik moest in de winkel helpen.'
'Dan hebt u geluk gehad, opa.'
'Ik heb je natuurlijk ook nooit verteld over die Duitse soldaat
die in de stront gevallen is', gaat opa verder. 'Een oom van
mij heeft dat meegemaakt.'
Opa's woorden struikelen bijna over elkaar heen. Sander
heeft moeite hem met de pen bij te houden.
'Op een dag kwam zo'n Duitse soldatenwagen het erf van
zijn boerderij op rijden. Hij wist meteen hoe laat het was.
Zijn buren hadden al eens een varken moeten inleveren en
nu was hij dus aan de beurt. De soldaten sprongen uit de

auto en liepen meteen naar het varkenskot. Ze wezen het vetste varken aan en gebaarden mijn oom dat hij het beest uit het kot moest halen. Mijn oom schudde zijn hoofd. 'Doe het zelf.' Maar hij kreeg de loop van een geweer in zijn rug geduwd. Het leek hem raadzaam het kot in te klimmen. Zijn knecht moest ook. Zonder dat ze het afgesproken hadden, deden ze net of ze het beest niet te pakken konden krijgen. De Duitsers verloren hun geduld en dat was de bedoeling. Een van hen klom over de omheining heen en begon zich ermee te bemoeien. Met z'n drieën dreven ze het varken in een hoek. Toen deden mijn oom en zijn knecht een stap achteruit. De Duitse soldaat bleef staan. Het varken zag een uitweg. De soldaat probeerde het beest tegen te houden, maar het bokste hem zonder pardon ondersteboven. De Duitser zat van top tot teen onder de stront. 'Scheiße!' schreeuwde hij. Dat klopte precies, want de stront gleed traag over zijn gezicht en uniform naar beneden.' Opa lacht hard. Met twee handen houdt hij zijn buik vast. Meteen staat hij op en loopt zo snel als zijn stramme benen het toelaten naar de deur van de huiskamer. 'Wc', bromt hij.

Een flodderuitstapje, denkt Sander. Opa heeft zich te druk gemaakt en nu protesteren zijn darmen. Hij wist niet dat opa zulke leuke verhalen over de oorlog kon vertellen. Vanavond zal hij ze op de computer uitwerken en morgen neemt hij zijn eerste bijdrage voor de tentoonstelling mee naar school. Opa komt weer de huiskamer in. Hij loopt gebogen en ziet spierwit. Van de grapjas van daarnet is niets meer over. 'Wat ... wat is er, opa?' vraagt Sander.

Opa gebaart dat hij hem met rust moet laten. Kreunend laat hij zich op de bank vallen. Zijn mond staat half open. Telkens als hij uitademt, maakt hij een belletje van een restje spuug.

Sander hoort de voordeur. Moeder is thuis.
Hij rent de gang in. 'Opa voelt zich niet goed.'
In de eerste tel zet moeder haar tas met boodschappen neer
en in de tweede tel staat ze bij de bank. Opa heeft inmiddels
weer wat kleur op zijn gezicht gekregen.
'Het gaat ... het gaat wel', fluistert hij.
'Ben je naar de wc geweest?' vraagt moeder.
Opa knikt.
'Was je op tijd?'
Opa knikt weer. 'Bijna.'
'Daarnet mankeerde hij niets', zegt Sander. 'Hij heeft leuke
verhalen over de oorlog verteld.'
'Over de oorlog?'
Moeder zwiept die vraag als een zweepslag in Sanders ge-
zicht. Hij schrikt ervan. Moeder merkt het. Ze loopt naar
hem toe en slaat haar arm om hem heen.
'Opa wilde vroeger nooit iets over de oorlog zeggen', fluis-
tert ze.
'Waarom niet?'
Moeder haalt haar schouders op. 'Nu weten we in ieder
geval dat hij zich dan te veel opwindt.'
Sander kijkt naar zijn opa die met zijn ogen dicht op zijn
vertrouwde plekje zit. 'Maar zijn verhalen waren zo leuk',
zegt hij. 'Meester Roel vertelde een triest verhaal, maar
opa ...'
'Sommige mensen lachen hun ellende weg', zegt moeder.
'Dat zei de meester ook al.'

4 Mist

Met het koffertje achterop fietst Sander naar mevrouw Belle.
Hij heeft met zijn moeder afgesproken dat hij één keer in de
week bij haar mag blijven eten. Het heeft Sander veel moeite
gekost mevrouw Belle dat duidelijk te maken.
'Wat moet ik dan met al dat eten dat overblijft?' had ze
geroepen. Daarbij had ze dramatisch haar handen naar het
plafond geheven.
'Ik neem het wel mee terug', had Sander geantwoord. 'In
het zorgcentrum zijn altijd mensen die een tweede portie
willen.' Dat vond hij een gouden vondst van zichzelf.
Mevrouw Belle had zich gewonnen gegeven.
'En ik mag elke maandag bij u eten', had hij gezegd.
'Maandag?'
'Ja.'
'Goed, elke maandag.'
Ook met de betaling is het in orde gekomen. Mevrouw Belle
overhandigt hem elke keer de 50 eurocent met de opmer-
king: 'Dat is nou je verdiende loon.'

Nu is het maandag. Er hangen dikke mistflarden over het
vlakke land. Het lijkt of er op de weilanden aan weerskanten
enorme schapen grazen. Sander kan maar een paar meter
voor zich uit kijken. Het voorlicht van zijn fiets is al tijden
kapot. Hij kan het niet zelf repareren en hij heeft geen tijd
om naar de fietsenmaker te gaan. Geen zin ook, trouwens.
Daarom rijdt Sander nu door de mist zonder die vertrouwde
lichtbundel. Af en toe komt een auto hem tegemoet. Dan is
hij een ogenblik verblind door de koplampen. Hij tuurt in
de witte brei op zoek naar een herkenningspunt. Zijn kin

raakt het stuur van zijn fiets bijna. Als ik niet uitkijk, fiets ik het huisje van mevrouw Belle zomaar voorbij, denkt hij. Plotseling voelt hij dat zijn banden niet meer over het asfalt rijden, maar door gras en modder heen ploegen. Hij is in de berm van de weg terechtgekomen. En langs die berm loopt een sloot. En in die sloot ... Sander geeft een ruk aan zijn stuur. Daardoor maakt zijn fiets slagzij. Zijn voet zoekt steun, maar vindt dat niet meteen en langzaam, tergend langzaam, glijdt hij de sloot in. Het overkomt hem gewoon. Een soort verdoving maakt hem machteloos. Pas als hij het water door zijn broekspijpen heen voelt sijpelen, reageert hij weer. Hijgend klimt hij op de kant, trekt zijn fiets omhoog en rent naar het veilige asfalt. Door de mistflarden heen ontdekt hij de drie huisjes. Ze lijken op een eiland te staan.

Druipend belt Sander aan bij mevrouw Belle. Het duurt altijd lang, voordat ze opendoet, maar deze keer schijnt ze nog minder haast te maken.
'Opschieten', klappertandt Sander.
'Ik dacht dat je niet meer zou komen', zegt mevrouw Belle, als hij in de gang staat.
'Ik ... ben de sloot in gereden.'
Nu ziet ze dat hij natte plekken maakt op haar vloerbedekking. Glimlachend wijst ze naar het koffertje. 'Heb je mijn eten droog kunnen houden?'
Sander knikt. 'Alleen ik ben bijna verzopen.'
'Zal ik je broek over de verwarming hangen?'
'Dan moet ik hem uittrekken.'
'Lijkt me heel verstandig. Terwijl we eten, kunnen je broek, je sokken en je schoenen drogen.'
Sander krijgt een kleur bij de gedachte dat hij in zijn onderbroek de tafel moet dekken en moet zitten eten. Daar had

meester Roel het niet over gehad, toen hij vertelde wat pannetjes doen inhield.

Mevrouw Belle raadt zijn gedachten. 'Kleed je in de keuken maar uit. Ik zal een warme ochtendjas voor je pakken', stelt ze hem gerust.

Ze gaat de trap op. Sander loopt de keuken in. Hij trekt zijn schoenen uit en houdt ze boven de gootsteen. De halve sloot stroomt eruit. Dan stroopt hij zijn natte broek omlaag en wringt hem uit. Daar is de andere helft van de sloot. Hij hangt zijn broek samen met zijn sokken netjes over de verwarming.

Er wordt op de deur geklopt. Sander opent de deur op een kiertje en trekt de ochtendjas naar binnen.

'Ik heb ook nog een handdoek meegenomen', zegt mevrouw Belle. Voordat Sander het goed en wel beseft, staat ze in de keuken.

'Ik heb in mijn leven wel meer onderbroeken gezien, hoor', zegt ze lachend.

Maar niet de mijne, denkt Sander.

Zenuwachtig vlug slaat hij de ochtendjas om zich heen. Hij past goed, alleen de mouwen zijn te lang. Behulpzaam rolt mevrouw Belle ze op. Uit het aanrechtkastje pakt ze een kam en daarmee kamt ze heel secuur zijn haren in model. Het lijkt langer te duren dan bij de kapper.

'Nu zie je er weer netjes genoeg uit om aan tafel te gaan.'

Ze zitten tegenover elkaar. De zuurkool en het sudderlapje hebben de duik in de sloot overleefd. Ook het toetje, slag-roomyoghurt met vruchtjes, heeft niet geleden. Mevrouw Belle schuift het naar hem toe.

'Dat heb je wel verdiend, Sander', zegt ze zacht.

'We kunnen het toch samen delen?'

Mevrouw Belle schudt haar hoofd. 'Nee, het is helemaal voor jou.'

Na het eten spoelt Sander in de keuken de bakjes weer af. Als hij zichzelf weerspiegeld ziet in de glanzende tegeltjes, moet hij lachen. Stel je voor dat nu ineens de hele klas in de keuken zou staan! Klas? Hij kijkt op de klok. De school is allang begonnen. 'Mag ik even bellen?' roept hij.

'Dat doe ik wel', zegt mevrouw Belle. 'Geef het nummer van je school maar.'

Sander staat soms versteld van mevrouw Belle. Ze heeft vaak maar een half woord nodig om te begrijpen wat hij bedoelt. En dat voor zo'n oud mensje. Hij noemt het nummer.

'Hoe heet jouw meester?'

'Meester Roel.'

Mevrouw Belle praat even in de hoorn. Sander hoort hoe ze zich voorstelt: 'U spreekt met mevrouw Belle, mevrouw Annemarie Belle.'

Terwijl hij zijn eigen kleren weer aantrekt, vangt hij nog de woorden 'sloot' en 'doornat' en 'aardige jongen' op. Dat is hij dus: een aardige jongen. Altijd al gedacht.

Als hij de huiskamer in komt, zit mevrouw Belle in haar stoel. 'Mijn elektrische stoel', zegt ze vaak. Door middel van een apparaatje vertoont de stoel allerlei kunstjes: omhoog, omlaag, voetenbankje uit, voetenbankje in, naar voren, naar achteren, in slaapstand. Sander heeft er al eens mee gespeeld. Zo'n elektrische stoel zou ook handig zijn voor opa.

Mevrouw Belle heeft een van haar poppen in haar hand en kamt met trage bewegingen de blonde haren. Daarbij lijkt haar gezicht in slaapstand te staan, zo dromerig staart ze voor zich uit.

Als Sander dat ziet, denkt hij aan de tentoonstelling van de Tweede Wereldoorlog in de klas. Nu heeft hij de kans haar erover te vragen. Hij besluit meteen met de deur in huis te vallen. 'Wat weet u nog van de Tweede Wereldoorlog?'

Mevrouw Belle verstijft midden in haar bewegingen. De kam blijft in de haren van de pop hangen. Dan drukt ze de pop tegen zich aan. Er komen kleine klagende geluidjes uit haar mond, alsof ze zelf een speelgoedpop is. Haar ogen worden vochtig. Ze lijken twee kleine, blauwe visjes in haar gezicht. 'Nooit, vraag me nooit over die verschrikkelijke oorlog, Sander.'

Ze zegt het bijna zonder geluid, maar Sander heeft elk woord verstaan. De poppen in het kamertje blijven blozen en glimlachen. Zij zijn zich van geen kwaad bewust.

5 Geen gehoor

Tijdens het avondeten vertelt Sander alles wat hij tussen de middag meegemaakt heeft. Ook in de klas had hij zijn natte avontuur al uit de doeken moeten doen. De meisjes hadden vreselijk gegiecheld toen hij in het vuur van zijn verhaal liet vallen dat hij in zijn onderbroek gestaan had. Op dat moment voelde hij zich alsof hij in zijn blootje voor de klas gezet was. Maar meester Roel had hem een complimentje gegeven.

'Jij laat zien dat ik een goede keuze gemaakt heb', had hij gezegd.

En Simon had zijn duim opgestoken.

'Hoe lopen de voorbereidingen van de tentoonstelling over de Tweede Wereldoorlog?' vraagt moeder, terwijl ze groenten op het bord van opa schept.

Na één lepel houdt hij zijn handen afwerend boven zijn bord. 'Genoeg.'

'Iedereen vond de verhalen van opa fantastisch', zegt Sander. 'Ik ben nu een varken aan het knutselen en meester Roel regelt een paspop van een kennis die een modezaak heeft. Die pop gaan we dan aankleden met een bloemetjesjurk en een hoedje. Jullie moeten over een paar weken echt komen kijken. Jullie krijgen nog een officiële uitnodiging.'

'Natuurlijk komen we, nietwaar pa?'

Opa kijkt verbaasd op. 'Wat bedoel je? Waar moeten we heen?'

'Heb je Sander niet gehoord?'

'Ik ben aan het eten.'

'Hij is chagrijnig, want zijn darmen spelen weer op', fluistert moeder. 'Besteed er maar niet te veel aandacht aan.'

Terwijl opa met zijn vork in zijn eten prikt, kauwt hij lang-
zaam op een aardappeltje. Moet ik dat allemaal nog naar
binnen werken? lijkt hij zich af te vragen.
'Nodig jij die oude mevrouw ... hoe heet ze ... ook uit?'
vraagt moeder.
'Mevrouw Belle? Weet ik niet. Ze deed heel vreemd toen ik
haar over de Tweede Wereldoorlog vroeg.'
'Misschien heeft zij zulke vreselijke dingen meegemaakt dat
ze er niet over wil praten.'
'Ik mag er haar zelfs nooit meer naar vragen!'
'Dan is jullie tentoonstelling helemaal niets voor haar.'
'Annemarie Belle?' mompelt opa plotseling.
Sander draait zich met een ruk naar hem toe. 'Ja. Hoe weet u
haar voornaam?'
'Annemarie Belle', zegt opa weer. 'Ik ... ik wist niet dat ze
nog leefde.'
'Waar ken je haar van, pa?' vraagt moeder.
Opa gooit zijn vork op zijn bord en schuift zijn stoel achter-
uit. 'Wc.'
Sander ruikt dat hij net te laat is met zijn flodderuitstapje. Als
opa weg is, knijpt hij zijn neus dicht en kijkt moeder aan.
'Het is weer zover, smakelijk eten', moppert moeder, terwijl
ze opstaat. 'Ik zet hem vlug onder de douche.'
Sander staart naar zijn bord. Veel trek heeft hij ook niet
meer. Hij hoort het geluid van de spoelbak in de wc en
gestommel op de trap. Even later vullen douchegeluiden de
stilte in de kamer.
Moest opa zo plotseling zijn flodderuitstapje maken, nadat
hij de naam van mevrouw Belle gehoord had? vraagt Sander
zich af. Of was het puur toeval?
Sneller dan hij verwacht had, komt opa weer naar beneden.
Hij heeft zijn pyjama en zijn ochtendjas aan. Vandaag lopen

we allebei op de gekste tijden in een ochtendjas, denkt Sander. Hij moet erom lachen.

'We kunnen er beter om lachen dan huilen', zegt moeder. 'Help jij even met afruimen?'

Sander zucht overdreven, maar hij begint toch. Opa pakt zijn krant en slaat hem ritselend open. Het zijn vertrouwde, alledaagse geluiden. Sander twijfelt of hij opa nog een keer moet lastigvallen met zijn vraag over Annemarie Belle, maar zijn nieuwsgierigheid wint het van zijn twijfel.

'Waar kent u Annemarie Belle van?' vraagt hij plompverloren, terwijl hij een bord afdroogt.

Opa doet net of hij hem niet hoort.

'Sander vraagt u wat, pa!' roept moeder vanuit de keuken.

Zij is net zo nieuwsgierig als ik, denkt Sander. Hij herhaalt zijn vraag.

Langzaam slaat opa zijn krant dicht. Dan vouwt hij hem heel precies op. Het lijkt of hij dit ritueel nodig heeft om na te kunnen denken. 'Vroeger was ik hopeloos verliefd op haar', fluistert hij.

Sander schiet in de lach. 'Is dat alles?'

'Nee,' antwoordt opa, 'want zij was niet verliefd op mij.'

'Daar weet ik niks van, pa!' zegt moeder, die naast Sander is komen staan.

'Je hoeft niet alles van mij te weten!' bijt opa haar toe.

Moeder schrikt. 'En jij hoeft niet zo op te vliegen, pa.'

Opa maakt een vermoeid gebaar met zijn hand. 'Sorry. Het is allemaal zo lang geleden. Ik wil er niet over praten.'

'Hoe oud was u toen?' vraagt Sander. Hij ziet zijn opa en mevrouw Belle al als een verliefd stelletje, hand in hand, door de velden rennen. Met een romantisch muziekje op de achtergrond. Dat heeft hij ooit in een film gezien. Nee, dat kan niet, realiseert hij zich dan. Annemarie Belle heeft zijn liefde afgewezen. Zij was niet op hem.

'Een jaar of negentien', antwoordt opa.

Aan zijn stem hoort Sander duidelijk dat hij niet meer over het onderwerp wil praten. Snel rekent Sander terug. 'Dat was in 1943!' roept hij. 'Midden in de Tweede Wereldoorlog.'

'Ook in een oorlog worden mensen verliefd op elkaar, hoor', zegt moeder.

'Wil je Annemarie Belle nog eens ontmoeten?' vraagt Sander. Opa grijpt naar zijn buik. 'Nooit, nooit meer', mompelt hij met een van pijn vertrokken gezicht.

Het is een windstille, heldere dag met zelfs een waterig zonnetje. Sander fietst weer naar mevrouw Belle toe. Pannetjes doen is de gewoonste zaak van de wereld geworden. Sander geeft de trappers er flink van langs. In een recordtijd staat hij voor de deur van mevrouw Belle. Hij is er allang aan gewend dat ze niet meteen opendoet. Maar deze keer duurt het wel erg lang. En hij is vandaag juist zo lekker vroeg. Dat komt goed uit, want een belangrijke vraag brandt al de hele ochtend op zijn lippen: zal mevrouw Belle zich opa nog herinneren?

Waarom wil opa zijn oude vlam eigenlijk niet meer zien? vraagt Sander zich af, terwijl hij staat te wachten. Hebben ze vroeger zo'n verschrikkelijke ruzie gehad? Sander zelf is vaak genoeg verliefd geweest. Een paar weken geleden had hij nog vlinders in zijn buik van Evy, het kleinste meisje uit de klas. Simon heeft het toen tussen hen aangemaakt. Zo simpel was dat. En gisteren heeft Evy het uitgemaakt. Ook eenvoudig via Simon. Sander vond het niet eens erg, want hij vindt Marion de laatste tijd toch ook wel leuk. Ze krijgt kuiltjes in haar wangen als ze lacht. En ze lacht veel, vooral naar hem. Weer drukt Sander op de bel. Dat is al de vierde keer. Mevrouw Belle moet eens wat meer naar haar achternaam luisteren.

Er gebeurt niets in huis. Misschien doet ze een dutje, denkt Sander. Haar schoonheidsslaapje. Hij ziet een folder uit de brievenbus steken. Hij geeft er een ruk aan. De brievenbus laat zijn prooi niet gemakkelijk los, want de eerste bladzijdes scheuren. Het is reclame van speelgoed, want een mooie barbiepop met zwart krulhaar kijkt hem verleidelijk glimlachend aan. Nu staat hij met een koffertje in de ene en met een gescheurde folder in zijn andere hand voor een gesloten deur. Moet hij nog een keer aanbellen? Het is nu wel duidelijk dat mevrouw Belle niet thuis is. Waar is ze naartoe? Naar een zoon of dochter? Dat kan niet. Ze heeft hem ooit toevertrouwd dat ze geen familie meer heeft. 'Ik ben de laatste Belle!' had ze toen met een trots gezicht gezegd. Ze had hem gisteren wel even kunnen waarschuwen dat ze er vandaag niet zou zijn. Zeker als je de laatste Belle bent.

Besluiteloos kijkt Sander om zich heen. Dan haalt hij zijn schouders op. Deze keer geen middageten, mevrouw Belle, denkt hij. Dat is uw eigen schuld.

Hij draait zich om en loopt naar zijn fiets terug. Dan merkt hij dat hij de folder nog in zijn hand heeft. Die kan hij maar beter terugstoppen, want misschien heeft mevrouw Belle interesse voor die barbiepop met die mooie zwarte haardos. Hij duwt de klep van de brievenbus omhoog. In plaats van te doen wat hij van plan was, bukt hij zich en gluurt hij de gang in. Het is schemerig daarbinnen, maar als zijn ogen gewend zijn, ziet hij een jas aan de kapstok, de trapleuning ...

Hij trekt zijn handen terug alsof de klep onder stroom staat. Meteen slaat hij de klep dicht. Poppetje gezien ...

Terwijl Sander weer overeind gaat staan, voelt hij het bloed

uit zijn gezicht wegtrekken. Duizelig leunt hij tegen de deur en knijpt zijn ogen dicht. De folder dwarrelt uit zijn handen en blijft doodstil liggen. De barbiepop glimlacht nog steeds. Zij is zich van geen kwaad bewust.

Weer laat Sander zich zakken en kijkt naar binnen. Nee, hij heeft zich niet vergist: onder aan de trap ligt mevrouw Belle. Haar hoofd rust op de eerste tree. Ze beweegt niet.

6 Op het nippertje

Sander blijft kijken tot zijn ogen ervan gaan tranen, maar mevrouw Belle blijft bewegingloos liggen. Ik moet haar helpen, denkt hij. Als het maar niet te laat is. In paniek roffelt hij met twee vuisten op de deur van de buren. Een man met een krant in zijn handen doet open. 'Wat heeft dit te betekenen?' vraagt hij nors. 'Me ... mevrouw Belle ligt in de gang. Ze beweegt niet meer. Ik moet ... we moeten ...' 'Ik snap er niks van', mompelt de man. 'Wacht even. Lies, Lies kom er eens bij?' Een vrouw stapt de gang in. 'Ken jij ene mevrouw Belle?' vraagt haar man. 'Dat oude mens van hiernaast. Elke vrijdag neem ik wat boodschappen voor haar mee. Ze is zo moeilijk ter been, hè? Toch is ze altijd even vriendelijk. Ik noem haar altijd de poppenmoeder, vanwege die poppenverzameling. Geintje hoor. Laatst zei ik nog ...' 'Ze ligt in de gang!' roept Sander. 'Wat?' 'Ze is gevallen en ze ligt in de gang!' De vrouw duwt haar man opzij. 'Pak een breekijzer of zoiets uit het schuurtje', bijt ze hem toe. De man sloft weg. 'Wist ik dat dat mens van hiernaast Belle heet', mompelt hij. 'Belle, wat een naam.' 'Een beetje opschieten, Arie!' roept zijn vrouw hem na. 'Ja ja mens, zeur niet.'

De man wrikt de deur open.

'Welverdraaid', fluistert hij, als hij zich over mevrouw Belle heen buigt. 'Dit ziet er niet best uit. We moeten de ziekenwagen laten komen.'

'Is ... is ze dood?' vraagt Sander.

De vrouw voelt de pols van mevrouw Belle. 'Zwakjes', fluistert ze. 'We hebben geen tijd te verliezen.'

Sander wil naar de telefoon. Daarbij moet hij over mevrouw Belle heen stappen. Terwijl hij dat doet, krijgt hij een raar gevoel in zijn buik. Veel tijd om erover na te denken, geeft hij zichzelf niet. In een paar sprongen is hij bij de telefoon. Hij draait het alarmnummer en geeft het adres door. Nu kunnen ze alleen maar wachten. Met zijn drieën zitten ze bij mevrouw Belle. Sander merkt dat ze haar ogen niet helemaal gesloten heeft. Misschien ziet ze ons, denkt hij. Zal ze ons ook kunnen horen? Hij schuift dichter naar haar toe. 'Hallo, mevrouw Belle,' fluistert hij, 'uw eten wordt koud.' Zo gauw hij het gezegd heeft, vindt hij het stom. Maar hij kan zijn woorden niet meer terughalen. Misschien reageert zij op die bekende woorden ...

Het gebeurt niet.

'Volgens mij heeft ze een hersenbloeding of een hartaanval gehad', zegt de buurvrouw. 'Hoe lang zal ze hier al liggen?' Haar man haalt zijn schouders op. 'Dat kunnen dagen zijn.' Sander schudt zijn hoofd. 'Gisteren tussen de middag ben ik nog bij haar geweest.'

'Dus jij bent de jongeman die bij haar pannetjes doet?' merkt de buurvrouw op.

'Ja, en gisteren was ze nog gezond.' Zonder dat Sander er erg in heeft, komen er tranen in zijn ogen.

De ziekenwagen stopt voor de deur. Er stappen twee broeders uit. Na een vluchtig onderzoek leggen ze mevrouw Belle snel maar voorzichtig op een brancard, snoeren haar

met een paar riemen vast en schuiven haar de auto in. Het gaat zo vanzelfsprekend dat het lijkt of Sander naar een tv-programma zit te kijken. Pas als de ziekenwagen de straat uit rijdt, beseft hij dat hij alles werkelijk meemaakt.
'Ik zal straks het ziekenhuis bellen hoe het met haar gaat', zegt de buurvrouw. 'Maar ik heb niet veel hoop.'
Haar man schudt mismoedig zijn hoofd. 'Het zijn mensen van de dag.'
Daar snapt Sander niet veel van. Hij bindt zijn koffertje weer achterop zijn fiets. Het lege koffertje van gisteren, dat nog bij mevrouw Belle in de keuken staat, haalt hij later wel op.
'Dan ga ik maar.'
De buurvrouw aait hem over zijn bol. Kinderachtig vindt Sander dat, maar hij zegt er niets van.
'Goed dat jij ons gewaarschuwd hebt', zegt ze.
Sander knikt. 'Ik wist niet wat ik moest doen.'
De buurvrouw glimlacht.
Sander stapt op zijn fiets en rijdt weg. Hij kijkt nog een keer achterom. Automatisch steekt hij zijn hand op, maar de buren zijn al naar binnen.

Als ik niet gekomen was, zou mevrouw Belle nog in de gang liggen, denkt Sander onderweg. Waarom komt de buurvrouw niet wat vaker bij haar kijken en een praatje maken? Dat is toch een kleine moeite?
Zonder dat Sander het beseft, rijdt hij niet naar school, maar naar huis.

'Wat ben jij vroeg uit school!' roept opa. 'Konden ze je daar niks meer leren?'
Opa is elke middag alleen thuis, omdat Sanders moeder dan de boekhouding doet bij een boomkwekerij.

'Bomen tellen', zegt Sander altijd. 'Kijken of er 's nachts niet eentje stiekem weggelopen is.'

Nu merkt Sander zijn vergissing. 'Ik ... ik moet eigenlijk naar school toe', zegt hij.

'Je spijbelt!' roept opa lachend. 'Dat deed ik vroeger ook wel eens. Maar als mijn moeder erachter kwam, dan ...' Hij maakt een slaande beweging met zijn hand. 'Dan ...'

'Mevrouw Belle ligt in het ziekenhuis', onderbreekt Sander hem.

Meteen verandert de gezichtsuitdrukking van opa. 'Is ... is het ernstig?' vraagt hij.

'Ik denk van wel.' Sander vertelt hoe hij haar gevonden heeft.

'Dan is het ernstig', fluistert opa. 'Arme Annemarie.'

'Ik ga morgen bij haar op bezoek', zegt Sander. 'Gaat u mee?'

Opa buigt zich voorover. Het lijkt of hij krimpt. Langzaam schudt hij zijn hoofd.

'Hebben jullie vroeger zo'n ruzie gehad?'

Weer schudt opa zijn hoofd. 'Geen ruzie, Sander. Het was veel erger dan ruzie.'

Sander gaat naast opa zitten en slaat zijn arm om hem heen.

'Wat is er dan gebeurd, opa?'

De oude man kijkt Sander aan. Zo bedroefd heeft Sander zijn opa nog nooit gezien. Toen oma stierf, was hij verdrietig, maar tegelijk blij dat zijn vrouw geen pijn meer hoefde te lijden. Maar nu lijdt opa zelf pijn. Sander vraagt zich af waar die vandaan komt.

7 Vuur, overal vuur!

Moeder komt thuis. Met een diepe zucht zet ze de doos met boodschappen op de keukentafel. Ze trekt haar jas uit en gooit hem naar Sander toe. 'Ophangen!'
Sander wil over mevrouw Belle gaan vertellen, maar hij ziet aan moeders gezicht dat hij er beter even mee kan wachten. 'Jawel commandant!' roept hij. 'Nog meer van uw dienst?'
Moeder schopt haar schoenen uit. 'Zet die ook meteen in het gangkastje en breng mijn pantoffels mee.'
'Wat een dag', moppert ze als Sander terugkomt, de pantoffels voor haar voeten laat vallen en tegenover haar gaat zitten. 'Ik ben de hele dag door iedereen gecommandeerd.'
Sander lacht kort. 'Volgens mij was het besmettelijk.'
Moeder knikt. 'Ik had even zin om iemand anders voor mij te laten rennen. En hoe is jouw dag geweest?'
Nu vertelt Sander wat er met mevrouw Belle gebeurd is.
'Morgen ga ik bij haar op bezoek', besluit hij zijn verhaal.
'Vind je dat niet een beetje vroeg?' vraagt moeder. 'Misschien mag je helemaal niet bij haar komen. Zal ik straks het ziekenhuis even bellen?'
Sander staart voor zich uit. 'Jij denkt ook al dat het ernstig is, hè?'
'Ja. Als oude mensen eenmaal iets gaan mankeren …' Moeder maakt haar zin niet af. 'Heb je het hem verteld?' Ze knikt in de richting van de kamer, waar opa zit te knikkebollen achter zijn krant.
'Ik heb opa gevraagd of hij met me mee wil als ik op bezoek ga bij mevrouw Belle.'
'En?'
'Hij wil beslist niet.'

Moeder staat op en pakt de boodschappen uit. 'Jouw opa is een koppige oude kerel. Hij stelt zich aan als een klein kind.'
'Heeft hij echt nooit iets tegen jou gezegd over Annemarie Belle?' vraagt Sander.
'Nee, met geen woord!' snauwt moeder. 'Anders had ik het je zeker verteld.'
Sander schrikt. 'Sorry mama', fluistert hij.
Moeder knijpt zacht in zijn onderarm en zakt weer op haar stoel. 'Eigenlijk moet ik sorry zeggen, maar ik heb een zware dag gehad, Sander. Zullen we ergens anders over praten?'
'Dat is goed.'
Ze zitten zwijgend tegenover elkaar aan de keukentafel.
Sander komt erachter dat het niet meevalt een ander onderwerp aan te snijden als je hoofd bol staat van de vragen.
Opa heeft mevrouw Belle leren kennen tijdens de Tweede Wereldoorlog, denkt hij. Zouden de problemen tussen hen iets te maken hebben met die oorlog? Nee, dat kan haast niet, want opa had alleen maar leuke verhalen over die tijd. Maar misschien ...
'Ik zal morgen een briefje schrijven voor meester Roel', zegt moeder. 'Dan weet hij waarom jij vanmiddag niet op school was. Anders denkt hij dat je spijbelt.'
'Wil je nu het ziekenhuis bellen?' vraagt Sander.
Moeder staat op en loopt naar de telefoon. Opa zit nog steeds te slapen.
Het duurt lang, voordat moeder de juiste persoon aan de lijn heeft. Ze moet precies uitleggen wie ze is en waarom ze belt. Daarna luistert ze een hele tijd.
'Ja, dat begrijp ik', zegt ze een paar keer.
Sander gaat bij haar staan. Als ze de hoorn teruglegt, staat haar gezicht ernstig.
'Mevrouw Belle heeft een beroerte gehad, een hersenbloe-

ding. Ze is aan één kant verlamd en heeft moeite met praten.'

'Heeft ze veel pijn?' vraagt Sander.

Moeder schudt haar hoofd. 'Ze krijgt medicijnen om rustig te blijven.'

'Kan ze weer beter worden?'

'Dat heb ik ook aan de verpleegkundige gevraagd, maar daarop kon ze geen antwoord geven. Meestal herstellen mensen die door een beroerte getroffen zijn langzaam, maar ze houden er altijd wat aan over.'

'Mag ik op bezoek komen?'

'Morgen na mijn werk gaan we even bij mevrouw Belle kijken.' Achter hen klinkt een diepe zucht. Ze draaien zich om. Opa kijkt hen met grote ogen aan. Hij heeft alles letterlijk gevolgd. Dan strijkt hij over zijn buik en rent weg. Flodderuitstapje, denkt Sander. Zijn darmen zijn weer eens onrustig. Dat is lang niet zo erg als een hersenbloeding. Per slot van rekening zijn je hersenen belangrijker dan je darmen.

Moeder heeft een plaatsje voor haar auto gevonden op de parkeerplaats van het ziekenhuis. Ze stappen uit en lopen naar de ingang. De draaideur werkt automatisch. Sander en moeder staan binnen zonder dat ze een hand uit hoeven steken. Bijna geruisloos zoeft de lift naar boven. Ze lopen door een brede gang. Een paar kraakheldere verpleegkundigen komen hen tegemoet lopen. Ze praten en lachen met elkaar alsof het de gewoonste zaak van de wereld is. Dat is het toch ook? denkt Sander. Stel je voor dat je de hele dag verdrietig bent? Dat is voor de patiënten ook geen gezicht. Die hebben het toch al zo moeilijk.

'We moeten ons eerst melden', zegt moeder.

Bij een balie blijven ze staan.

'Mevrouw Belle?' vraagt moeder.

'Kamer 32', antwoordt de verpleegkundige. 'U mag maar tien minuutjes blijven.'

'Hoe gaat het met haar?'

De verpleegkundige haalt haar schouders op. 'Naar omstandigheden goed, maar het gevaar van een tweede bloeding is er nog altijd.'

Van schrik slaat Sander zijn hand voor zijn mond. De verpleegkundige ziet het en knikt vriendelijk naar hem.

'Wij houden jouw oma goed in de gaten, jongen. Daar kun je op rekenen.'

Sander heeft geen zin de verpleegkundige uit te leggen dat mevrouw Belle niet zijn oma is. Ook moeder laat het maar zo.

Voorzichtig duwt Sander de deur van kamer 32 open. Er staat maar één bed in. Het is een enorm wit bed dat omsingeld is door allerlei apparaten. Waar is mevrouw Belle?

Als Sander dichterbij komt, ziet hij haar liggen. Haar hoofd wordt bijna helemaal opgeslokt door het kussen. Haar haren zijn niet gekamd en de grijze gloed is eruit verdwenen. Het lijkt of iemand slordig een oude pruik op haar hoofd gedrukt heeft. Vanaf de apparaten lopen slangetjes naar haar nek en naar haar armen. Ook verdwijnen er een paar onder de dekens, alsof ze mevrouw Belle besluipen.

Sander krijgt een brok in zijn keel. Zal hij ooit weer pannetjes bij haar kunnen doen? 'Mevrouw Belle?' fluistert hij.

Vanuit het bed komt geen reactie.

'Ze slaapt', zegt moeder, die achter hem staat.

Sander ziet dat haar borst langzaam maar regelmatig op en neer gaat. 'Mevrouw Belle?' fluistert hij weer, harder nu.

Plotseling opent ze haar ogen. Het gaat zo snel dat Sander een sprongetje van schrik maakt. Nu ziet hij dat haar mond een beetje scheef hangt. Net alsof het ene deel van haar gezicht zwaarder is dan het andere.

'Mevrouw Belle, ik ben het. Sander.'

Er komt geen blik van herkenning in haar ogen. Er trekt een zenuwschokje langs haar mond, dat is alles. Sander draait zich om naar zijn moeder.

'We kunnen beter gaan', zegt ze, terwijl ze haar hand op zijn schouder legt. 'Ze is heel ziek, jongen.'

Sander schudt de hand van zich af en loopt naar het hoofdeinde van het bed. 'Zeg alsjeblieft iets, mevrouw Belle', smeekt hij.

Nu beweegt haar mond. Sander buigt zich over haar heen. Haar lippen doen verwoede pogingen dat wat ze wil zeggen de juiste vorm te geven. Ze begint te hijgen.

'Ik ga een verpleegkundige waarschuwen', zegt moeder. Ze rent naar de deur.

Met zachte hand strijkt Sander over het haar van mevrouw Belle. 'Over een tijdje kom ik weer gewoon pannetjes bij u doen', zegt hij.

Mevrouw Belle pakt hem bij zijn arm. Haar greep is zo krachtig dat Sander zeker weet dat haar vingers een afdruk maken in zijn huid. Ze fluistert iets. Sander kan haar niet verstaan. Op het gezicht van mevrouw Belle verschijnt een radeloze uitdrukking. Weer fluistert ze. Haar lippen krijgen nu meer grip op het woord dat ze wil zeggen. 'Vuur.'

'Vuur?' vraagt Sander.

'Overal vuur.'

De verpleegkundige geeft mevrouw Belle een injectie.

'Ze gaat nu slapen', zegt ze. 'U kunt beter gaan.'

Moeder en Sander lopen de kamer uit. Sander sluipt bijna.
Het lijkt of hij een babykamertje verlaat.

'Ze had het over vuur, mama', zegt Sander in de auto. 'Wat
zal ze daarmee bedoelen?'
Moeder haalt haar schouders op. 'Weet ik niet. Misschien is
ze er zich niet van bewust dat ze het gezegd heeft.'
'Droomde ze?'
'Zou kunnen. Haar hersens zijn door die beroerte natuurlijk
in de war. En vergeet al die medicijnen niet. Daar ga je wel
van ijlen.'
'Misschien heeft ze ooit een verschrikkelijke brand meege-
maakt', zegt Sander.
'Dat kan.'
'Hoe lang moet ze in het ziekenhuis blijven?' vraagt Sander.
'Als het gevaar van een nieuwe hersenbloeding voorbij is,
mag ze weg.'
'Naar huis?'
Moeder haalt haar schouders op. 'Weet ik niet. Alles hangt af
van haar genezing. Waarschijnlijk zal ze voorlopig een ka-
mertje in het zorgcentrum krijgen.'
'Dan kan ik geen pannetjes meer doen bij haar.'
'Nee.'
Sander staart voor zich uit. Plotseling voelt hij zich alleen,
terwijl moeder toch naast hem zit en opa thuis op hen
wacht. En terwijl Simon zijn beste vriend is.
Moeder knijpt zacht in zijn bovenbeen. 'Je krijgt zeker een
ander adres van meester Roel.'
Sander vraagt zich af of hij wel een ander adres wil.

De volgende dag vertelt Sander op de speelplaats alles over
zijn bezoek aan mevrouw Belle aan Simon.

'Dat is het risico van het vak', zegt Simon. 'Onze klanten zijn mensen van de dag.'

'Dat heb ik de laatste tijd wel honderd keer gehoord!' schreeuwt Sander. 'Weet je niks beters?'

Simon geeft hem een duw. 'Ach, je moet je alles niet zo aantrekken. De laatste dagen kan er bij jou geen lachje meer af. Lach eens?'

Simon gaat vlak voor hem staan en trekt een van zijn beroemde gekke bekken. Sander probeert zijn hoofd weg te draaien, maar Simon draait met hem mee. Hij houdt dezelfde grimas op zijn gezicht.

'Hou op!' roept Sander, maar zijn roep verandert in een schaterlach. De tranen lopen over zijn wangen. Lachtranen? Sander weet het niet. Het is zo verwarrend allemaal. Simon heeft gelijk. De laatste dagen is hij geen prettig gezelschap. Maar dat is toch begrijpelijk? Hij piekert over zijn opa, over mevrouw Belle en over de problemen die zij, die twee oude mensen, vroeger gehad hebben. Vroeger, ja. Daar hoeft hij zich nu toch niet meer druk om te maken?

Meester Roel komt bij hen staan. Ook aan hem vertelt Sander over mevrouw Belle.

'Zal ik je op de lijst zetten voor een ander pannetjesadres?' vraagt meester Roel.

Sander schudt zijn hoofd. 'Voorlopig niet.'

'Dat je op de lijst staat, wil niet zeggen dat je meteen aan de beurt komt, Sander. Je vindt het toch leuk om pannetjes te doen?'

'Oké, zet me maar op de lijst, meester.'

Meester Roel loopt weg en Simon trekt weer een andere gekke bek uit zijn enorme voorraad.

8 Opa ontvoerd

'Ik ben om twee uur bij jou!' roept Sander naar Simon, als ze om twaalf uur de school uit rennen. Ze hebben afgesproken om spelletjes te doen op de computer. Het is weer woensdag, dus ze hebben er de hele middag voor. Dat is nodig ook, want Simon heeft zo veel spelletjes dat hij ze nooit allemaal kan spelen, al wordt hij honderd.

Als Sander thuiskomt, zitten moeder en opa al te eten.
'Wat een haast!' roept Sander.
'Opa moet voor onderzoek naar het ziekenhuis', zegt moeder. 'Dat heb ik je gisteren toch gezegd?'
Sander knikt. 'Zal wel.'
'Wat ga jij vanmiddag doen?'
'Naar Simon', wil hij zeggen, maar hij slikt zijn woorden nog net op tijd in. Op het moment dat moeder het ziekenhuis noemde, kwam hij ineens op een idee. Mevrouw Belle ligt daar nog steeds en zijn opa moet er nu ook wezen …
'Ik denk dat ik meega.'
Van verbazing laat moeder haar mes op haar bord vallen.
'Mee? Ga jij niet liever bij Simon spelen?'
'Dat kan altijd nog.'
Langzaam schudt moeder met haar hoofd. 'Hoor je dat, pa?'
'Natuurlijk, ik ben niet doof.'
Moeder zucht. 'Dat bedoel ik niet. Vind jij het niet vreemd dat Sander mee wil?'
'Moet hij zelf weten.'
'In het ziekenhuis duw ik jouw rolstoel, opa', zegt Sander.
'Gaan we racen.'
'Als je dat maar laat', mompelt moeder.

'En tussendoor ga ik bij mevrouw Belle op bezoek', gaat Sander verder. Hij houdt zijn opa scherp in de gaten, maar die laat niets merken. Hij is waarschijnlijk te veel met zijn eigen darmen bezig en met het nare onderzoek dat hij moet ondergaan.

In het ziekenhuis kun je voor een euro een rolstoel huren. Het zijn soepel lopende karretjes. Omdat de gangen lang zijn en opa snel buiten adem raakt, mag hij in een rolstoel naar de specialist. Opa gaat zitten en Sander klapt de voetensteuntjes naar beneden. Ze moeten met de lift naar de derde etage. Waarom ligt de afdeling darmen niet op de begane grond? vraagt Sander zich af. Dat is toch veel logischer? Afdeling hoofd en hersenen op de hoogste verdieping en zo via longen, lever en maag verder naar beneden tot in de darmen. Dan hoeft er nergens meer een bordje te hangen, want iedereen weet de weg. Hij grinnikt.
'Wat is er zo grappig?' vraagt opa.
Sander durft het niet te zeggen.
'Binnenpretje?'
'Ja, een echt binnenpretje.'

Opa hoeft gelukkig niet lang te wachten. Moeder gaat met hem mee als de specialist hem roept. Sander blijft in de wachtkamer achter en bladert in een Donald Duck. Hij ziet de grappige tekeningetjes amper, want in zijn hoofd smeedt hij verder aan zijn plannetje.
Het duurt lang, voordat opa terug is. Hij zit uitgeblust in de rolstoel. Zijn kin hangt op zijn borst. Ineens is Sander niet zo zeker meer van zijn zaak.
Moeder wenkt hem. 'Pas jij even op opa, ik moet nodig naar de wc. Zo'n darmonderzoek is geen pretje.'

'Heeft de dokter jouw darmen dan ook onderzocht?' vraagt Sander schaapachtig.

Moeder hoort hem niet. Ze rent de gang in.

Sander pakt de handvaten van de rolstoel beet. 'Gaat het, opa?'

De oude man knikt. 'Gelukkig ben ik er weer voor een half-jaartje vanaf', mompelt hij.

Sander staart de gang in. Die is leeg. Geluidloos schuiven de liftdeuren open. Toch maar doen! denkt hij, terwijl hij de rolstoel in de richting van de lift duwt. Zo'n kans krijg ik nooit meer.

'Jouw moeder is er nog niet!' roept opa.

'Die vindt ons wel', zegt Sander, terwijl hij de rolstoel meer vaart geeft.

'Rustig aan, jongen, het is geen racebaan.'

'Hou je goed vast, opa.'

Ze staan in de lift. Die zoeft naar de begane grond. Voor Sander gaat het nog veel te langzaam. Met een lichte schok komt de lift tot stilstand. Zo gauw de opening tussen de twee deuren breed genoeg is, duwt Sander de rolstoel eruit. Hij loopt bijna een dokter omver. De man moet een zij-waartse sprong maken om niet bij opa op schoot te belan-den. Hoofdschuddend kijkt hij Sander na, die een scherpe bocht maakt. De banden van de rolstoel piepen ervan.

'De uitgang is de andere kant op', zegt opa. Met een beven-de vinger wijst hij naar het bordje met de groene pijl.

Sander doet net of hij hem niet hoort. Niets en niemand mag zijn plannetje in de war schoppen. Zeker de hoofdper-soon niet. Hij rent de gang door. Opa moet wel mee, want hij kan niet op eigen kracht uit de rolstoel komen. Hier is het, kamer 32.

'Moet u hier wezen?' vraagt een verpleegkundige, die hen

met een stapeltje papieren onder haar arm tegemoetkomt, vriendelijk.

Sander knikt.

'Bent u familie?'

Sander schudt zijn hoofd.

'De oude dame herstelt langzaam van haar hersenbloeding', zegt de verpleegkundige. Ze knikt naar de deur. 'Maar haar toestand is nog kritiek.'

'Weet ik', fluistert Sander. Laat ons toch door, mens, denkt hij.

'Voor zover ik weet, krijgt mevrouw Belle nooit bezoek', babbelt de verpleegkundige verder. 'Ze zal het leuk vinden.' Behulpzaam houdt zij de deur open.

'Dank u', zegt Sander, terwijl hij de rolstoel de kamer in duwt.

Opa is zo verrast dat hij zich zonder te protesteren naar het bed van mevrouw Belle laat duwen. Als ze bij het hoofdeinde van het bed aangekomen zijn, ziet Sander dat de apparaten er nog steeds staan en dat ook de slangetjes niet verdwenen zijn.

Mevrouw Belle ligt op haar rug met gesloten ogen. Ze heeft een lichte blos op haar wangen.

Opa draait zich om naar Sander. 'Waarom doe je ons dit aan?' vraagt hij zo zacht, dat het amper boven het gezoem van de apparaten uit komt.

Sander probeert zijn blik te ontwijken. 'Ik ... ik wil weten wat er tussen jullie gebeurd is.'

'Daar heb je niets mee te maken, dat is iets tussen Annemarie Belle en mij.'

Met een schok realiseert Sander zich dat opa gelijk heeft. Waar bemoeit hij zich mee? Opa heeft toch recht op zijn eigen geheimen? Stel je voor dat hij, Sander, gedwongen wordt dingen over zichzelf te vertellen die hij liever verborgen houdt. Dat Simon en hij wel eens achter de computer zitten te chatten, ofschoon de ouders van Simon dat verboden hadden. Ze waren trouwens eens bijna gesnapt toen Simons moeder plotseling zijn slaapkamer binnen stapte met de vraag of Simon een boodschap wilde doen. Gelukkig kon Sander toen nog net op tijd het beeldscherm wegdraaien.

'Breng me terug naar je moeder!' commandeert opa. 'En vlug!'

Sander pakt de handvatten van de rolstoel beet. Op dat moment opent mevrouw Belle haar ogen.

'De kamer uit!' roept opa. In zijn stem klinkt paniek.

Sander twijfelt.

Mevrouw Belle heft haar hoofd op. 'Wie ... wie is daar?' vraagt ze.

Opa probeert uit de rolstoel te komen. Hij pakt de steunen

aan de zijkant van de zitting beet en drukt zich omhoog. Hij
hijgt van inspanning. De knokkels van zijn hand worden er
wit van. Zijn armen trillen. Als hij half overeind staat, laat hij
zich met een diepe zucht terugvallen.

Mevrouw Belle heeft Sander herkend. 'Kom je pannetjes
brengen?'

Sander schudt zijn hoofd.

Dan ziet mevrouw Belle opa zitten. Haar ogen worden groot
en de blos op haar wangen wordt dieper. 'Wie ... wie bent
u?'

'Mijn opa. Hij heet Herman', zegt Sander.

'Ik wil weg!' roept opa. Met zijn voeten doet hij verwoede
pogingen de rolstoel naar achteren te duwen, maar dat lukt
niet. Het gevaarte raakt klem tussen het bed en de apparaten.

'Herman Wamels?' vraagt mevrouw Belle.

Sander weet dat er nu geen ontkomen meer aan is. Opa zit
klem. Hij kan geen kant meer op.

'Herman Wamels', fluistert Annemarie Belle. Het lijkt of die
voor- en achternaam samen een lekker toetje vormen, waar-
van ze even moet proeven. Plotseling krijgt haar gezicht een
vastberaden uitdrukking. Ze slikt. 'Durf jij hier nog te komen, Herman Wamels?' snerpt ze.

Met gebogen hoofd zit opa in zijn rolstoel. Hij probeert zich
zo klein mogelijk te maken.

Mevrouw Belle laat zich op het kussen terugvallen. 'Na alles
wat er gebeurd is', zegt ze, starend naar het plafond. 'Na alle
ellende durft hij hier nog te komen. Maar ja, brutaal is hij
altijd al geweest, die Herman Wamels.'

Voorzichtig manoeuvreert Sander de rolstoel achteruit. Hij
zet hem tegen het voeteneinde van het bed, zodat hij zelf
dichter bij mevrouw Belle kan komen. Hij pakt haar hand
beet. 'Mijn opa is erg aardig', zegt hij.

Mevrouw Belle knijpt haar lippen op elkaar als een klein kind dat haar zin niet krijgt.

'Hij heeft verteld dat hij vroeger verliefd was op u.'

Annemarie Belle lacht kort. 'Die oorlog was geen rozengeur en maneschijn.'

'Wat bedoelt u?'

'Vraag dat maar aan je opa.'

'Hij wil me er niks over vertellen.'

De deur van de kamer gaat open. De verpleegkundige die hen daarnet geholpen heeft, komt binnen. Achter haar verschijnt moeder.

'Dus hier zitten jullie', zegt moeder. 'Dacht ik het niet?'

'Jullie moeten nu gaan', beslist de verpleegkundige.

'Ik ben een paar dagen geleden ook bij u op bezoek geweest', zegt Sander gehaast. 'U ijlde toen. U had het over vuur, u zag overal vuur.'

Mevrouw Belle zucht. 'Vraag dat ook maar aan je opa.'

Als ze terugrijden, is de stemming in de auto bedrukt.

Moeder is boos op Sander. Dat laat ze duidelijk merken.

'Hoe haal je het in je hoofd opa in contact te brengen met die mevrouw Belle', moppert ze. 'Terwijl je weet dat zij vreselijk ziek is en hij haar niet wil zien.'

'Ik dacht dat het hem goed zou doen', zegt Sander.

'Je kletst, je was gewoon nieuwsgierig.'

Sander knikt. Zijn moeder heeft gelijk. Hij schaamt zich nu ook vreselijk voor zijn ondoordachte daad.

Opa zit tegen de zijkant van de auto aan. Zijn armen hangen slap naar beneden. Hij lijkt op een gewond vogeltje.

Sander draait zich om. 'Sorry opa', zegt hij. 'Ik … ik had u niet moeten ontvoeren.'

Opa hoort hem niet of doet alsof.

Het blijft stil, totdat ze hun straat in rijden.
'Ben je nog iets te weten gekomen?' vraagt moeder plotseling zachtjes.
Met open mond staart Sander haar aan. Moeder bloost tot achter haar oren.
'Ik moet toegeven dat ik ook nieuwsgierig ben', zegt ze.
'Zo moeder, zo zoon', glimlacht Sander.

Opa zit weer op zijn vertrouwde plekje in de hoek van de bank. Het lijkt of er niets gebeurd is.
'Kopje thee, pa?' vraagt moeder vanuit de keuken.
'Graag', antwoordt opa.
'Jij ook, Sander?'
'Lekker.'
De telefoon gaat. Sander pakt de hoorn op.
'Waar was je?' vraagt Simon. 'Ik heb de hele middag op jou zitten wachten.'
'Ik moest met opa naar het ziekenhuis', antwoordt Sander. Hij kijkt op zijn horloge. Het is vier uur geweest. 'Zal ik nu nog even komen?'
Aan de andere kant van de hoorn blijft het even stil.
'Je had me wel even kunnen laten weten dat je met je opa mee moest', klinkt dan door de hoorn.
'Sorry,' zegt Sander, 'maar het kwam plotseling op.'
'Ben je ook nog bij mevrouw Belle geweest?' vraagt Simon.
'Ja. Zal ik nu nog even komen?'
'Mij best', zegt Simon.
Moeder komt binnen met de thee. 'Ga je nu alweer? Ik heb net thee voor jou.'
Wat een ingewikkelde woensdagmiddag, denkt Sander. Hij gaat zitten en neemt een slok van zijn thee. 'Heet!' gilt hij, terwijl hij zijn glas met een klap op de salontafel terugzet.

Opa schiet in de lach. 'Net goed.'

'Even afkoelen', zegt Sander.

'Dat moesten we allebei even', knikt opa. Met zijn vlakke hand slaat hij op de lege plek naast hem. 'Kom eens bij mij zitten?'

Sander kijkt er vreemd van op. Het is lang geleden dat opa dit gevraagd heeft. Hij vindt het kinderachtig. Toch doet hij wat opa van hem verlangt.

'Wil jij nog een oorlogsverhaal horen?' vraagt hij.

Sander knikt.

'Het is geen grappig verhaal, Sander, en ik ben helemaal niet trots op mijn rol in die gebeurtenissen.' Opa slaat zijn arm om Sander heen en drukt hem tegen zich aan. 'Door mijn ontvoering in het ziekenhuis ben ik erachter gekomen dat ik die trieste gebeurtenis veel te lang geheim gehouden heb. Het moet er nu maar eens uit.'

9 Onderduiken!

Opa pakt zijn glas en nipt aan zijn thee. Hij blaast en neemt met gesloten ogen een paar slokjes.

'Ik heb je ooit verteld dat mijn ouders een winkel hadden in het dorp', begint hij, als hij zijn thee eindelijk op heeft. 'Ze verkochten van alles en nog wat. Van huishoudelijke artikelen tot speelgoed. Je kon bij ons bijvoorbeeld een afwasborstel, maar ook een babypop vinden. Vooral rond sinterklaas was het erg druk in onze winkel. Als de klanten niet konden betalen, mochten ze op krediet kopen. 'Op de pof', noemden we dat. Dan schreef mijn vader of moeder het bedrag dat we nog tegoed hadden in een boekje: het pofboekje. Dat was heel gewoon in die tijd. Ik spreek nu over de jaren dertig. Sinterklaas en zwarte Piet hebben dus vaak in ons pofboekje gestaan. Rond 1965 hebben mijn ouders de winkel moeten verkopen. In de stad verrezen grote warenhuizen. Daar kon je niks in een pofboekje laten schrijven, maar alles was er wel veel goedkoper dan bij ons ... Toen ik zo oud was als jij hielp ik mijn ouders graag in de winkel. Voor en na school vulde ik de rekken met nieuwe spullen. Ik was gelukkig en ik dacht dat alles zo zou blijven. Maar ... vroeger stond de tijd ook al niet stil. Toen de Duitsers in mei 1940 ons land binnenvielen, veranderde er verschrikkelijk veel. De eerste maanden hadden wij geen last van de bezetting. Het leven in het dorp ging zijn gewone, rustige gang. De Duitsers lieten die paar straten, dat winkeltje op de hoek, het kerkje en het boerenland eromheen links liggen. Soms stopte er een legerauto en stapte er een Duitse soldaat uit om de weg te vragen. Over het algemeen waren die soldaten beleefd. Verlegen ook. Net of ze zich verontschuldigden voor het feit dat ze ons land binnengevallen waren. Die gewone soldaten konden er ook niks aan doen dat hun leider zijn misdadige oog had laten vallen op Nederland en de rest van de wereld. Ze moesten gewoon bevelen opvolgen. In 1943 gebeurde er iets wat mijn leven volledig op zijn kop zou zetten. Een ambtenaar uit de stad kwam in de winkel vertellen dat alle jongemannen die in 1924 geboren waren zich moesten melden voor werk in Duitsland. Binnen een paar weken zou er een brief komen met bijzonderheden. Ik was ook geboren in 1924. Maar net zoals zoveel andere jongens wilde ik niet gaan werken in dat vijandige land. In de brief stond geschreven dat je daar goed geld kon verdienen en dat kost en inwoning uitstekend verzorgd waren. Die brief beloofde gouden bergen, maar ik geloofde er geen zak van.'

'Pa, let een beetje op je woorden', waarschuwt moeder, die erbij is komen zitten.

'Ik geloofde er dus geen zak van', zegt opa, terwijl een plagerig glimlachje op zijn gezicht verschijnt.

Moeder zucht. 'Ik zal een nieuw kopje thee inschenken,' zegt ze, 'dan kun je je mond spoelen.'

'Ik moest me op een bepaalde datum melden bij het stadhuis', gaat opa onverstoorbaar verder. 'Maar als ik duidelijk kon maken dat ik thuis onmisbaar was, kon ik vrijstelling krijgen. Ik moest een paar formulieren invullen en opsturen. Dan zou alles in orde komen. Amper een paar dagen later kreeg ik de boodschap dat mijn verzoek tot vrijstelling afgewezen was. Mijn ouders konden het werk in de winkel wel alleen aan, vond de bezetter. En dat was ook zo. Toch was ik woedend. Door de oorlog verkochten we bijna niets meer en de mensen die in het pofboekje stonden, konden ons niet meer betalen. Dat was de schuld van dezelfde mensen die mij naar Duitsland wilden brengen om daar te gaan

werken. Ik piekerde er niet over. Maar er was geen beroep mogelijk. Ik moest me met mijn persoonlijke bezittingen melden. Punt uit! Mijn ouders legden zich bij dat feit neer, maar ik wilde me niet zomaar gewonnen geven. Die Duitsers zouden geen plezier beleven aan deze goedkope arbeidskracht uit Nederland. Ik kon natuurlijk niet thuis blijven. Bij de eerste de beste razzia zou ik gearresteerd worden. Langzaam ging ik wennen aan het idee onder te duiken. Mijn ouders bracht ik daarvan niet op de hoogte. Ik liet hen in de waan dat ik op de vastgestelde datum naar Duitsland zou vertrekken. Ondertussen had een vriend onderdak voor mij geregeld op de zolder van een afgelegen boerderijtje. Daar zouden de Duitse soldaten me nooit kunnen vinden. Op de dag dat ik zogenaamd naar Duitsland zou vertrekken, kwamen er twee groene overvalwagens het dorpsplein op rijden. Er sprongen soldaten uit. Vanuit mijn slaapkamer zag ik het gebeuren. Ik hoorde een officier bevelen geven en honden nijdig grommen en blaffen. Ik begreep dat dit de echte bezetter was. Met het geweer in de aanslag. Nu had de oorlog zich ook in ons dorp genesteld.' Opa stopt even en neemt een slok thee. Hij wrijft over zijn buik.
'Moet je naar de wc?' vraagt moeder bezorgd.
Opa schudt zijn hoofd. 'Daar heb ik geen tijd voor.'
'Pas maar op', zegt moeder.
'Ik moest inderdaad oppassen', vertelt opa verder. 'Maar mijn plannetje lag klaar. Ik nam afscheid van mijn ouders. Dat was een ontroerend moment, ook voor mij. Zij waren ervan overtuigd dat ik in de trein naar Duitsland zou stappen, maar ik zou een paar kilometer verderop onderduiken. Toch zou ik hen misschien jarenlang niet zien. Mijn moeder had mijn koffer met zorg ingepakt. Dat lieve mens huilde, terwijl mijn vader zich achter een barse stem en ruwe geba-

ren goed probeerde te houden. Hij wilde een eind met me
meelopen, maar dat voorstel sloeg ik af. Ik ging niet naar het
plein voor het stadhuis, daar had ik niks te zoeken. In het
huis van de vriend die mijn onderduikadres geregeld had,
verkleedde ik me.'

'In vrouwenkleren!' roept Sander.

Opa knijpt in zijn schouder. 'Dat stukje ken je, hè?'

Sander knikt. 'Dat verhaal hangt al op de tentoonstelling.
Simon en ik hebben de paspop gisteren aangekleed.'

'Dat is het leuke stuk', zegt opa. 'De rest is veel minder
lachwekkend. Ik reed op een damesfiets het dorp uit. Enkele
Duitse soldaten groetten me beleefd. Eentje floot me zelfs na.
Mijn jurk bolde op in de wind en ik moest mijn hoedje
vasthouden. Zonder kleerscheuren bereikte ik het boerderijtje. Er woonden drie mensen: een vader en moeder met hun
dochter. Op het erf scharrelden een paar brutale kippen. In

een scheefgezakt hok hielden ze een varken en in het weitje stond een magere koe die bijna geen melk meer gaf. Dat was alles. Maar mijn vriend had gelijk: de Duitse soldaten hadden hier niets te zoeken. Ik stelde me voor. De dochter was ongeveer van mijn leeftijd. Ze bloosde toen ze mij een hand gaf. Ze had natuurlijk nog nooit een jongeman in vrouwenkleren gezien en ik moet toegeven dat ik er belachelijk uitzag. Waarschijnlijk had ze ook nog nooit een jongeman van dichtbij gezien, zo afgelegen lag de boerderij.'

'Annemarie Belle', fluistert Sander.

Opa knikt bedachtzaam. 'Achteraf gezien had ik toch beter naar Duitsland kunnen vertrekken', zegt hij. 'Maar achteraf praten is gemakkelijk.'

'Of vreselijk moeilijk', zegt moeder.

Opa lacht kort. 'Nu komt het zwaarste deel van mijn verhaal. Eerst even naar de wc.'

10 De waarheid

'Mijn eerste dagen op de boerderij van de familie Belle waren onwerkelijk', vertelt opa, nadat hij zijn flodderuitstapje gemaakt heeft. 'Mijn ouders dachten dat ik in de Duitse oorlogsindustrie aan het werk was. Ondertussen molk ik elke dag die ene magere koe van de familie Belle. In gedachten zag ik mijn vader met lege handen in de winkel staan en de paar klanten helpen die nog op de pof mochten kopen. Er kwam nooit iemand op bezoek. Toch moest ik de meeste tijd op dat stoffige, lage zoldertje doorbrengen, want vader en moeder Belle waren doodsbang dat ik verraden zou worden. De vriend die mij het onderduikadres bezorgd had, bracht af en toe een brief van mij naar mijn ouders. Daarin schreef ik dat ik het uitstekend naar mijn zin had in de fabriek waar ik te werk gesteld was. Ik verzon zelfs het stadje waar ik logeerde: Lederhosen. Dat betekent 'leren broek'. Mijn ouders, hun familie en vrienden kenden toch geen Duits. Lederhosen leek mij een toepasselijke naam voor een vriendelijk Duits stadje met een paar straten, een kerkje, een winkeltje en wat boerderijtjes. Na een paar maanden begon ik me te vervelen op dat zoldertje. Steeds vaker at ik met het gezin mee in de keuken. Er kwam toch niemand. Gaandeweg nam ik meer risico. Niet alleen omdat ik me verveelde, maar omdat ik ook graag in de buurt van Annemarie wilde zijn. Dat meisje zette mijn hart in vuur en vlam. Ik was tot over mijn oren verliefd geworden. Vlinders in oorlogstijd. Hoe is het mogelijk? Ik had trouwens steeds minder benul van die oorlog. Soms dacht ik: gebeurde er maar eens iets. Viel er maar een bom uit een van de vliegtuigen die 's nachts overvlogen op weg naar Duitsland. Dan kon ik Annemarie redden. Dan was

ik haar held. Ik bleef om Annemarie heen draaien zonder dat zij in de gaten leek te hebben hoe zwaar ik het te pakken had. De liefde kwam in ieder geval niet van twee kanten. Zij ging niet in op mijn onbeholpen liefdesbetuigingen.'
Ondanks het ernstige gezicht van opa schiet Sander in de lach. Moeder kijkt hem bestraffend aan. Opa heeft niets in de gaten. Het lijkt of hij niet meer tegen Sander en moeder praat, maar tegen zijn eigen spiegelbeeld.
'Op een dag sloeg het noodlot toe. Mevrouw Belle had net de pan met dampende aardappels, de schaal met boontjes en de gehaktballetjes op tafel gezet, toen de deur plotseling opengegooid werd. Daar stond een Duitse soldaat. Ik had geen tijd meer om weg te vluchten. Waar zou ik heen moeten? Onder de tafel duiken? De soldaat gebaarde meneer Belle dat hij mee moest komen. Hij stond meteen op en liep achter de soldaat aan. Wij bleven als versteend aan tafel zitten. Ik durfde Annemarie niet aan te kijken. De minuten die volgden leken langer te duren dan de tijd dat ik bij de familie Belle ondergedoken had gezeten. Toen kwam meneer Belle weer terug. Hij liep regelrecht naar het aanrecht en vulde een kan met water. Wat bleek? De auto van de soldaat was kapot. Hij had water nodig om de radiator bij te vullen. De soldaat bleef in de deuropening staan. Hij glimlachte vriendelijk naar Annemarie. Té vriendelijk, vond ik. Tot mijn grote ontzetting glimlachte Annemarie blozend terug. Een steek van jaloezie sneed door mijn hart. Dat kon toch niet waar zijn? Het was wel waar. De volgende dag kwam de soldaat weer op bezoek. Deze keer mankeerde zijn auto niets. Nee, hijzelf had het zwaar te pakken! En deze keer kwam de liefde van twee kanten. Hij nam haar mee naar feestjes en 's avonds laat kwamen ze uitgelaten terug. Bij de auto namen ze innig afscheid van elkaar. Het vreemde was, dat de soldaat

mij geen blik waardig keurde. Annemarie vertelde me dat hij geloofde dat ik een vrijstelling had om te helpen op de boerderij. Ik trok dat in twijfel. Een leek kon nog zien dat er zelfs voor één persoon niet genoeg werk was op dat boerderijtje. De liefde tussen Annemarie en de soldaat groeide. Steeds vaker bleef ik op mijn zoldertje zitten. Ik moet toegeven, Sander, dat ik vreselijk gehuild heb. Ik was eenzaam, mijn liefde werd niet beantwoord en ik miste mijn ouders. Vaak heb ik op het punt gestaan mezelf aan te geven. Dan maar naar Duitsland toe of de gevangenis in. Alles beter dan dit. Op een avond zat ik bij het licht van een olielampje een brief te schrijven. Beneden me hoorde ik Annemarie en de soldaat met elkaar praten en lachen. Ik maakte me verschrikkelijk kwaad, smeet mijn potlood weg en stond op. Door die bruuske beweging schopte ik het olielampje om. Mijn met stro gevulde matras vatte meteen vlam. Met een handdoek probeerde ik het vuur uit te slaan, maar dat was onbegonnen werk. Al gauw stortten de vlammen zich op de balken van het dak. Toen het vuur eenmaal een gat in het dak gevreten had, was er geen houden meer aan. Verse zuurstof stroomde de zolder binnen met als gevolg dat de hele bovenverdieping binnen enkele seconden in lichterlaaie stond.

In paniek stormde ik de trap af, moord en brand schreeuwend. Toen ik de keukendeur opengooide, stond Annemarie daar met haar soldaat. Ze omhelsden elkaar. Ik liep die twee voorbij en vulde een emmer met water. Dat was natuurlijk, hoe noem je dat ... een druppel op een gloeiende plaat. Verstikkende rookwolken vulden de keuken. Annemarie en de Duitser leken in de mist te verdwijnen. Ik smeet het water in de richting van de rook en trok het verliefde stelletje mee naar buiten. Ook de ouders van Annemarie hadden onraad geroken. Haar vader had nog de tegenwoordigheid van geest

gehad het varken uit zijn kot te jagen. Ook de koe had hij kunnen redden. Met zijn vijven stonden we werkeloos toe te kijken hoe de boerderij tot de grond toe afbrandde.'

Opa slaat zijn handen voor zijn gezicht. Sander weet niet wat hij doen moet. Verwacht opa dat hij hem troost? Hoe dan? Welke woorden moet je op zo'n moment zeggen? Bij een verjaardag feliciteer je en bij een overlijden condoleer je iemand. Dat weet hij. Maar voor deze gelegenheid kan hij geen passend woord vinden. Moeder blijft onbeweeglijk zitten. Ook zij weet niet wat ze zeggen moet, denkt Sander. Gelukkig lost opa zelf het probleem op.

'Ik zat met een enorm schuldgevoel', gaat hij verder. 'De mensen die mij gastvrij opgenomen hadden in hun gezin, had ik beroofd van alles wat hun dierbaar was. Ik ben weggerend. Maar waar moest ik heen? Er zat niets anders op dan naar mijn ouders te gaan. Ik vertelde hun dat ik uit Duitsland gevlucht was. Mijn vader heeft me naar een tante in Arnhem gebracht. Bij haar heb ik het einde van de oorlog afgewacht. Van Annemarie en haar ouders heb ik niets meer vernomen. Zij waren al snel na de verwoesting van hun boerderij met hun schamele bezit uit het dorp weggetrokken, hoorde ik later. De oorzaak van de brand heeft niemand kunnen achterhalen, al moet Annemarie zeker een vermoeden gehad hebben. Later vertelde een kennis van mijn ouders me dat zij na de bevrijding nog een tijdje in de gevangenis gezeten heeft. Zij had geheuld met de vijand. Die vijand was de simpele soldaat op wie zij per ongeluk tot over haar oren verliefd geworden was.'

'Hebt u uw vader en moeder nooit ...', begint Sander.

'Nooit', fluistert opa. 'Ik durfde die lieve mensen de waarheid niet te vertellen. Ik durfde die de eerste jaren na de oorlog nauwelijks zelf onder ogen te zien. Tijd heelt alle wonden, zegt men. Dat klopt maar voor een gedeelte. Het blijft een zwakke plek, die plotseling open kan breken. Toen jij de naam van Annemarie Belle noemde, was het zover. En toen jij me bij haar bed bracht, kwam die verschrikkelijke tijd weer helemaal terug. Het leek of het gisteren gebeurd was.'

'Ik vind dat je jezelf geen verwijten hoeft te maken, pa', zegt moeder. 'Het was een ongeluk.'

'Dat heb ik mezelf wel honderd keer voorgehouden. Er zijn gelukkig dagen dat ik dat zelf ook geloof.'

'Nu begrijp ik waarom mevrouw Belle het over vuur had', zegt Sander.

Opa lacht kort. 'Ook in haar geest heeft dat verschrikkelijke moment zich jarenlang schuilgehouden.'

'Daarom mocht ik haar nooit over de oorlog vragen', zegt Sander.

'Je hebt me toch verteld dat ze na de oorlog begonnen is met haar poppenverzameling?' vraagt moeder.

Sander knikt. 'Ze wilde lachende gezichten om zich heen.'

'Al die poppen hebben zeker mooie, lange haren', zegt opa.

Sander kijkt hem verbaasd aan. 'Hoe weet u dat?'

'Annemarie had vroeger prachtige, blonde krullen. Die vielen als een golvende sluier langs haar gezicht. Maar na de bevrijding ...'

Opa grijpt naar zijn buik en rent weg. Moeder gaat hem achterna. Even later hoort Sander de bekende douchegeluiden. Hoe lang kun je een groot geheim bewaren zonder er ziek van te worden? vraagt Sander zich af.

1 Geen poppenkamer

De volgende dag moet Sander weer gewoon naar school. Hij wordt meteen met zijn neus op de werkelijkheid gedrukt. 'Waarom ben je gisteren niet komen opdagen?' vraagt Simon. Aan zijn gezicht ziet Sander dat hij kwaad is. Hij kijkt Simon niet-begrijpend aan.

'Praat ik Duits of zoiets?' zegt Simon.

Nu begrijpt Sander wat zijn vriend bedoelt. Hij zou voordat opa met zijn verhaal begon eigenlijk bij Simon spelletjes op de computer gaan doen. Helemaal niet meer aan gedacht. Hij trekt Simon mee naar een stil hoekje in het fietsenhok. 'Ik moet jou een geheim vertellen.'

'Dan is het geen geheim meer', zegt Simon. 'Je had gistermiddag moeten komen.'

Sander knikt. 'Weet ik, sorry.'

'Daar heb ik nu niks meer aan', moppert Simon. 'Mooie vriend ben jij.'

'Ik kon niet weg.'

Simon lacht hatelijk. 'Natuurlijk, jouw moeder had je opgesloten in de kelder. Maar gelukkig zijn er jongens genoeg die wel met mij willen computeren.'

Simon wil weglopen, maar Sander gaat vlak voor hem staan. Hun neuzen raken elkaar bijna.

'Wil je nu eindelijk even naar me luisteren?' schreeuwt Sander. Hij krijgt tranen in zijn ogen.

De mond van Simon klapt meteen dicht. 'Huil je?' vraagt hij verbaasd.

Met de rug van zijn hand veegt Sander langs zijn ogen. 'Ik wil je iets vertellen over mijn opa', zegt hij. 'Maar je moet beloven dat het ons geheim blijft.'

Simon pakt hem bij zijn schouders. 'Dat beloof ik.'
'Mijn opa heeft in de oorlog ondergedoken gezeten', begint
Sander.
Ook als de zoemer gaat, vertelt hij door. En Simon luistert.
Terwijl de speelplaats langzaam leegloopt en de kinderen in
school verdwijnen, blijft Sander praten. Hij vertrouwt Simon
alles toe. Hij wil zijn geheim delen met zijn beste vriend.

Meester Roel slaat net zijn voorleesboek open als Sander en
Simon de klas binnenkomen.
'Dus toch niet ziek', zegt meester Roel. 'Daar ben ik blij om.
Lekke band zeker.'
Sander en Simon knikken allebei. Ze kennen hun meester
wel. Dat grapje maakt hij altijd als iemand een paar minuten
te laat komt.
'Over dezelfde spijker gereden?' lacht de meester. 'Knap
hoor! Kom er gauw bij zitten.'

Om kwart voor twaalf hoeft Sander de klas niet uit om
pannetjes te doen. Hij kijkt Simon na die naar de deur loopt.
De afgunst moet van zijn gezicht af te lezen zijn, want
meester Roel vraagt: 'Wil je misschien met Simon meerijden
om het niet af te leren?'
Sander schudt zijn hoofd en buigt zich weer over zijn lees-
boek.

Er gaan enkele weken voorbij. Sander gaat nog een paar keer
bij mevrouw Belle op bezoek. Hij vindt dat ze niet echt beter
wordt. Soms herkent ze hem helemaal niet en is hij een
wildvreemde voor haar. Sander betrapt er zich op dat hij met
steeds meer tegenzin bij haar op bezoek gaat.

'Ik heb net het ziekenhuis gebeld', zegt moeder op een dag.
'Mevrouw Belle wordt vanmiddag uit de afdeling ontslagen.'
'Mag ze naar haar huisje terug?' vraagt Sander.
Moeder loopt naar hem toe en neemt zijn hoofd tussen haar
handen. Sander weet dat er slecht nieuws komt.
'Ze wordt opgenomen in het zorgcentrum', zegt moeder
zacht. 'Daar krijgt ze een eigen kamertje.'
'Dus ze komt nooit meer thuis', fluistert Sander.
Moeder knikt. 'Ze kan niet meer alleen wonen, want haar
geheugen gaat steeds verder achteruit. Stel je voor dat ze
vergeet het gas uit te doen of de warmwaterkraan open laat
staan.'
Sander begrijpt het wel, maar hij wil het niet geloven.
'Je kunt natuurlijk altijd bij haar op bezoek gaan', probeert
moeder hem te troosten.
'Weet opa dat ze naar het zorgcentrum gaat?' vraagt hij.
'Ik heb het hem wel gezegd.'
'En?'
'Hij mompelde iets van 'daar word je gek van'.'

Sander fietst naar het zorgcentrum. Het is de eerste keer dat
hij mevrouw Belle een bezoekje gaat brengen sinds ze uit het
ziekenhuis ontslagen is.
Een mevrouw in een wit uniform wijst naar de grote zaal
van het centrum. 'Daar zit ze ergens.'
Als Sander de zaal binnenkomt, ziet hij oude mensen in
groepjes bij elkaar zitten. Ze praten of kaarten. Verzorgsters
lopen rond met thee en koffie. Op de achtergrond klinkt een
zacht muziekje. Zoekend gaan de ogen van Sander rond.
Waar is mevrouw Belle?
Hij ontdekt haar naast een grote, groene plant. Ze zit in een
rolstoel. Een verzorgster helpt haar geduldig met het drinken

van haar thee. Hij ziet dat mevrouw Belle een theedoek om heeft.

'Hallo, mevrouw Belle, hoe gaat het met u?' vraagt Sander, als hij vlak voor haar staat.

'Wie ben jij?' vraagt ze. Het klinkt onvriendelijk, bijna vijandig.

'Sander.'

'Ik ken geen Sander.'

Even geduldig als het meisje met de thee legt Sander uit wie hij is. Langzaam komt er iets van herkenning in het gezicht van mevrouw Belle.

Als Sander 'pannetjes doen' zegt, glimlacht ze. 'Samen eten,' zegt ze, 'gezellig.'

Mevrouw Belle heeft haar thee op.

'Wilt u uw kamer aan Sander laten zien?' vraagt het meisje.

Mevrouw Belle knikt.

Ze lopen naar de lift. Sander mag de rolstoel duwen. Hij doet dat een stuk rustiger dan in het ziekenhuis met opa.

Het kamertje van mevrouw Belle is klein. Zo klein dat er geen plaats is voor al haar poppen. Ze heeft er maar een paar mee mogen nemen. Meteen pakt ze een pop en begint haar haren te kammen.
'Je haren moeten altijd goed zitten', zegt ze tegen Sander. 'Ze zijn de bekroning van je gezicht.'
'Dat doet ze nou iedere dag', fluistert het meisje. 'Uren is ze ermee bezig. Weet jij waarom?'
Sander haalt zijn schouders op. 'In haar huisje stonden wel honderd poppen. Ze waste hun kleren en kamde hun haren. Ze beschouwde ze als haar kinderen.'
'Wie ben jij, jongeman?' vraagt mevrouw Belle plotseling.
'Haar geheugen is zo lek als een mandje', zegt de verzorgster. 'Het ene moment herkent ze je, het andere moment ben je een vreemde voor haar.'
'Nu ga ik maar', zegt Sander. 'Dag mevrouw Belle.'
'Kam je haren, jongeman', waarschuwt ze.

12 Blonde lokken

Van meester Roel heeft Sander een nieuw pannetjesadres gekregen. Elke dag rijdt hij naar een oude heer die geen kruimel van het eten overlaat en die een oude krant als tafelkleed gebruikt. Hij legt altijd twee snoepjes voor Sander klaar.

'Is dat alles?' vraagt hij telkens als Sander zijn koffertje uitpakt. 'Wil je me laten verhongeren?'

Sander probeert elke week een keer bij mevrouw Belle langs te gaan, maar soms vergeet hij het. Moeder moet hem er dan aan herinneren. Maar met Simon spelletjes doen achter de computer is interessanter dan tegenover een kammende mevrouw te zitten die je de meeste tijd niet herkent.

Toch rijdt Sander op die woensdagmiddag naar haar toe. Mevrouw Belle zit zoals gewoonlijk in de grote zaal.

'Dat is lang geleden?' merkt de verzorgster op, als Sander haar groet. 'Wil je thee?'

'Graag', antwoordt Sander.

Na de thee brengt hij mevrouw Belle naar haar kamer. De verzorgster gaat niet mee.

'Veel te druk', vertrouwt ze Sander toe. 'En jij weet inmiddels de weg.'

Op haar kamer pakt mevrouw Belle meteen een pop en begint te kammen. 'Zorg dat je haren altijd goed zitten', zegt ze.

Sander knikt. 'Hebt u het hier naar uw zin?' vraagt hij.

'Ja, ik mag doen wat ik wil.'

Sander kijkt het kamertje rond. Er staat een boekenkastje. Hé,

een fotoalbum. 'Mag ik?' vraagt hij, wijzend naar het kastje.
'Als je geen rommel maakt.'

Sander pakt het album en begint te bladeren. De foto's zijn
ouderwets bruin met een kartelrandje. Sommige krullen bijna
van de bladzijde af.

Sander ziet een jong meisje met prachtig blond haar tot op
haar schouders. Dat is natuurlijk Annemarie Belle, het meisje
waar opa verliefd op geworden is. Heel begrijpelijk. Vroeger
waren er dus ook knappe meisjes.

Sander denkt aan Maartje, het meisje met wie hij het gisteren
aangemaakt heeft. Ook zij heeft lange haren, maar die zijn
kastanjebruin. Glimlachend bladert hij verder. Tussen twee
bladzijden steekt een opgevouwen krantenknipsel. Voorzichtig pakt hij het eruit. Het papier knispert tussen zijn vingers.
Het is zo teer dat er stukjes van afbreken. Behoedzaam trekt
hij het knipsel open. *Nederland bevrijd!* juichen dikke, zwarte
letters. Onder het artikel staat: *Kaalgeschoren!*

Daarnaast ziet hij een foto. Hij slaat zijn hand voor zijn
mond en kreunt. Een jonge vrouw zit op haar knieën. Haar
jurk is half van haar schouders gerukt. Achter en opzij van
haar staan lachende mannen en vrouwen. Een van de mannen heeft een schaar in zijn hand. Grote plukken blond haar
liggen op de grond. De vrouw is helemaal kaal geknipt. Op
haar hoofd is met oranje verf de vorm van een hakenkruis
getekend.

Mevrouw Belle kijkt op. 'Zorg dat je haar elke dag goed zit',
waarschuwt ze, terwijl ze blijft kammen.

Sander staart naar het tafereel op de foto. Die blonde lokken,
die kale mevrouw ... Annemarie Belle? De letters vervagen.
Sander wrijft langs zijn ogen. Als hij weer helder kan zien,
leest hij: *Wie heulde met de vijand wordt gestraft.* Hij staart naar
mevrouw Belle die verwoed zit te kammen.

Haar bewegingen zijn mechanisch. Er ligt een verbeten trek om haar mond. Langzaam wordt het Sander duidelijk. Dus daarom ... daarom is mevrouw Belle na de oorlog begonnen poppen te verzamelen. Poppen met mooie, lange haarlokken. Daarom blijft ze kammen alsof haar leven ervan afhangt.

'Mooie foto's?' vraagt Annemarie Belle.

Sander knikt en bladert snel door. Zo snel dat een pasfotootje uit het album waaiert en op de vloer terechtkomt. Een jongeman kijkt hem breed lachend aan. Zijn gezicht komt Sander bekend voor. Hij pakt het fotootje en draait het om. 'Herman Wamels, 1943', leest hij.

Mevrouw Belle zet de pop terug en wil de andere pop pakken. Ze ziet Sander met het fotootje zitten. 'Herman Wamels', fluistert ze.

Die naam heeft haar geheugen blijkbaar nog niet gewist.

'Mijn opa', zegt Sander.

'En wie ben jij dan wel?' vraagt mevrouw Belle. Ze trekt het fotootje uit zijn hand. 'Herman Wamels, wat was ik verliefd op je', fluistert ze.

Sander opent zijn mond, maar er komt geen geluid uit. Mevrouw Belle glimlacht gelukzalig. Het lijkt of het fotootje ervoor zorgt dat de mistflarden in haar hoofd plotseling door een zonnestraal verjaagd worden. Voor een moment ziet ze weer helder. 'Ik was gek op je, Herman, maar ik moest het geheim houden. Jij was onderduiker, ik mocht je door mijn verliefdheid niet in gevaar brengen. Die Duitse soldaat had meteen in de gaten dat jij je bij ons verstopte, omdat je niet in Duitsland wilde werken. Hij dreigde jou te verraden, als ... ' Geluidloos begint ze te huilen. 'Die soldaat dwong me zijn liefje te worden, Herman', snikt ze. 'Hij zou jou met rust laten als ik met hem ... Maar daar heb ik je nooit iets van laten merken. Ik wilde niet dat jij jezelf in gevaar bracht.

Als jij erachter zou komen dat die soldaat me chanteerde, had je hem zeker aangevallen. Misschien wel vermoord. Maar jij was mijn grote liefde, Herman. Dat zul je altijd blijven. Altijd.' Plotseling kijkt mevrouw Belle op. 'Wie ben jij?' vraagt ze met tranen in haar ogen.

'Sander.'

'Wat doe je hier?'

'Ik ben bij u op bezoek.'

'Dat is goed.'

Mevrouw Belle geeft het fotootje terug. Even speelt Sander met de gedachte het mee te nemen en aan opa te laten zien, maar hij doet het niet. Hij zet het fotoalbum met het fototje en het krantenartikel weer netjes in de kast.

'Ik ga', zegt hij tegen mevrouw Belle.

'Dat is goed, jongeman.'

'Als het lekker weer is, gaan we volgende week wandelen.'

Mevrouw Belle zegt niets terug. De haren van de pop eisen al haar aandacht op.

13 Een griepje?

De volgende woensdag is het zonnig weer, maar Sander kan zijn woord aan mevrouw Belle niet houden. Hij ligt ziek in bed. Zijn buik rommelt en er schieten pijnlijke steken doorheen die zijn adem afsnijden. Dan maakt hij zich zo klein mogelijk, trekt zijn knieën omhoog en probeert gewoon door te ademen. Elk kwartier moet hij naar de wc. En dan moet hij opschieten, want anders verliest hij onderweg de helft al. Hij voelt zich ellendig.

'Buikgriep', zegt zijn moeder, terwijl ze de thermometer bestudeert. 'Je hebt flinke verhoging.'

Dat voelt Sander zelf ook wel. Zijn hoofd gloeit als een houtskoolvuurtje en zijn pyjama plakt aan zijn lijf. Soms weet hij niet of hij wakker is of slaapt. Allerlei mensen komen dwars door de gesloten deur zijn kamer in. Mevrouw Belle groet hem, buigt zich over hem heen en trekt plotseling een blonde pruik van haar hoofd. Sander gilt, want onder die pruik is ze helemaal kaal. Opa laat een olielampje op het voeteneind van zijn bed vallen. De dekens vatten meteen vlam. 'Vuur, overal vuur!' gilt opa, terwijl hij als een wildeman rondspringt. De vlammen slaan in Sanders gezicht. Een dikke mist vult zijn slaapkamer. Er komt een groene legervrachtwagen aanrijden. Soldaten springen eruit en slepen mevrouw Belle mee. Opa wil ze tegenhouden, maar hij wordt neergeslagen met de kolf van een geweer. Sander ziet dat allemaal gebeuren. Hij begrijpt er niets van. Hij wil de vrachtwagen achterna rennen, maar zijn benen komen niet vooruit. Het lijkt of zijn voeten vastgezogen zitten in de modder. Hij schreeuwt, maar niemand reageert. De soldaten smijten mevrouw Belle in de laadbak. Dan trekken ze opa overeind en drukken de pruik op zijn hoofd. Ze schateren van het lachen. Tussen twee soldaten in wordt ook hij naar de vrachtauto gebracht. Zijn voeten slepen over de grond.

'Niet doen!' gilt Sander. Weer probeert hij vooruit te komen, maar het lukt niet. Hij begint te huilen.

'Sander, wat is er?' hoort hij.

Gelukkig, er komt hulp! Hij opent zijn ogen. Moeder buigt zich over hem heen.

'Kalm jongen', sust ze, terwijl ze langs zijn wang strijkt.

'Waar ... waar ben ik?' stamelt Sander.

'Gewoon, in je kamer', antwoordt opa. Hij staat naast moeder. Zijn stem klinkt schor van de slaap.

'Je hebt liggen ijlen, jongen', zegt moeder. 'Ik hoorde je schreeuwen. Opa lag al in bed, maar hij was eerder bij je dan ik.'

'In je droom ben je druk bezig geweest met de oorlog', zegt opa.

Sander drukt zich tegen zijn moeder aan. 'Het was verschrikkelijk', zegt hij. 'Die arme mevrouw Belle.'

'Zal ik een glaasje water voor je halen?' vraagt moeder.

'Graag.'

Als moeder weg is, gaat opa met een zucht op de rand van het bed zitten. 'Het is allemaal mijn schuld dat je zo van streek bent', zegt hij.

'Het is niet alleen uw schuld, opa.'

'Wat bedoel je?'

Sander krijgt geen kans om te antwoorden, want moeder komt binnen en geeft hem een glas water.

Als hij gedronken heeft, vraagt opa nog een keer: 'Wat bedoel je?'

'Niks.'

'Jawel, kom ermee voor de dag, Sander.'

Sander schudt wild met zijn hoofd. 'Nee, nee, nee!'
Moeizaam staat opa op en pakt zijn schouders beet. 'Ik heb die verschrikkelijke gebeurtenis bijna mijn hele leven lang geheim gehouden, Sander. Dat vreet aan je. Zoiets wens ik niemand toe. Het is goed om je hart te luchten.'
Smekend kijkt Sander naar zijn moeder.
'Opa heeft gelijk, jongen', fluistert ze.
'Ik ... ik heb bij mevrouw Belle een fotootje van u gezien, opa', begint hij. 'En een krantenknipsel.' Sander slaat zijn handen voor zijn gezicht.
'Vertel verder, jongen', zegt opa. 'Ik wil alles weten.'
'U zult er veel verdriet van hebben, opa.'
'Kan me niet schelen.'
Starend naar het behang luisteren moeder en opa naar het verhaal van Sander. Als hij klaar is, ziet hij dat moeder de hand van opa beetpakt en er bemoedigend in knijpt. Opa's ogen worden glazig. Een korte snik ontsnapt.
'Zij heeft mijn leven gered', fluistert hij. 'Ik moet haar bedanken.'
Sander knikt. 'Maar misschien herkent ze u niet.'
'Kan me niet schelen, ik moet haar bedanken.'
'Zo gauw ik beter ben, kunnen we haar een bezoekje brengen', zegt Sander.
Opa staat op en balt een vuist. 'Had ik het maar geweten, dan had ik die soldaat ...'
'Rustig pa', zegt moeder. 'Over een paar dagen gaan we bij mevrouw Belle op bezoek en daarna laten we het verleden rusten.'
'Ja ja, dat is makkelijker gezegd dan gedaan', mompelt opa.

83

14 Prettig gezelschap

Moeder parkeert haar auto voor het zorgcentrum. 'Allemaal uitstappen!' roept ze. Het klinkt overdreven vrolijk.
Moeder is net zo zenuwachtig als ik, denkt Sander. En opa? Thuis is hij wel zes keer naar de wc gerend. Nu schuifelt hij aan de arm van Sander naar de deur.
Mevrouw Belle zit op haar vertrouwde plekje in de grote zaal. De verzorgster brengt thee rond. Ze kijkt blij verrast op als ze Sander met zijn moeder en zijn opa binnen ziet komen.
'Dat is leuk voor mevrouw Belle', zegt ze vriendelijk glimlachend.
Sander glimlacht terug, maar zijn lippen hebben er moeite mee. Zelfs die hebben de zenuwen. 'Dag mevrouw Belle', zegt hij, als hij voor haar rolstoel staat. 'Ik heb een paar mensen meegebracht. Zij willen u graag ontmoeten. Het zijn mijn moeder en mijn opa.'
Mevrouw Belle trekt diepe rimpels in haar voorhoofd. 'En wie ben jij?'
'Sander.'
'Ik ken geen Sander, maar dat doet er niet toe. Thee?'
'Graag.'
'Zuster!'
De verzorgster rijdt met haar karretje naar hen toe.
'Ik heb veel visite vandaag', zegt mevrouw Belle tegen haar. 'Mijn moeder en mijn opa. En een jongeman die Sander heet.'
De verzorgster buigt zich naar moeder toe. 'Haar geheugen laat haar steeds meer in de steek', fluistert ze.
'Mijn gehoor is nog goed, hoor!' snerpt mevrouw Belle. 'Dat kind bemoeit zich overal mee', vertrouwt ze opa toe.

'Annemarie Belle, wij kennen elkaar van vroeger', zegt opa.

'Natuurlijk!' roept mevrouw Belle.

Opa lacht verheugd. 'Dus u herkent me?' vraagt hij.

Mevrouw Belle staart hem aan. Mismoedig schudt ze haar hoofd. 'Ik ben oud, u bent oud. U komt niet zonder reden bij mij op bezoek. Dus ... ik moet u ooit ontmoet hebben. Maar ...' Ze wrijft over haar voorhoofd.

'Ik ... ik ben Herman Wamels.'

'Aangenaam, meneer Wamels.' Mevrouw Belle steekt haar hand uit. Haar vingers zijn mager en krom. Ze trillen een beetje, alsof ze een eigen leven leiden.

Opa pakt haar hand aan. Dan bukt hij zich en drukt er een kus op. 'Bedankt, Annemarie Belle. Lang geleden heb je mijn leven gered.'

Mevrouw Belle giechelt. 'Rare man.'

'Ik meen het', zegt opa, terwijl hij over de palm van haar hand wrijft.

'Ik ook', giechelt mevrouw Belle.

Sander staat op en loopt naar de verzorgster toe. Hij fluistert even met haar. Samen gaan ze naar de lift. Een paar minuten later komen ze weer terug. Opa heeft nog steeds de hand van mevrouw Belle vast.

'Geef haar dit fotootje, opa', zegt Sander.

'Dag Herman', zegt opa als hij zichzelf ziet. Hij drukt het in de hand van mevrouw Belle.

Zij brengt het fotootje dicht bij haar gezicht. 'Wat was ik verliefd op je, Herman Wamels', fluistert ze.

'Ik ook op jou', fluistert opa.

Hij krijgt een kleur. Sander ook.

Mevrouw Belle kijkt hem niet-begrijpend aan. 'Wie bent u?'

'Dit heeft geen zin meer,' zucht opa, 'ze leeft alleen nog maar in het verleden.'

De verzorgster biedt hun nog een kopje thee aan, maar moeder slaat het aanbod vriendelijk af.

'Een andere keer.'

'Dat is goed', zegt de verzorgster. 'U merkt het misschien niet, maar u doet haar er een enorm plezier mee. Er komt bijna nooit iemand bij haar op bezoek, ziet u.'

Opa staat op. Ze geven alledrie mevrouw Belle een hand.

'Bedankt voor uw komst', zegt ze drie keer beleefd.

Ze lopen naar de deur. Halverwege blijft opa staan. Hij draait zich om. Mevrouw Belle glimlacht naar hem. Opa zwaait even naar haar. Dan loopt hij moeder en Sander achterna. Plotseling klinkt door de grote zaal: 'Denk eraan dat je volgende week weer komt, Herman Wamels!'

Nog even dit ...

Als je 's middags na twaalf uur door het centrum van Dinxperlo loopt, zie je veel kinderen met een geel koffertje achter op hun fiets. Zij gaan pannetjes doen.
Een van die kinderen heet Sander. Hij stuurde dit mailtje naar de schrijver:

's Morgens om 08.15u. haal ik de lege pannetjes op en neem ik het pannetje mee naar school.
Ik doe 7 dagen per week pannen.
Om 11.45u. breng ik het lege pannetje naar het rusthuis en neem ik de volle weer mee. Die breng ik naar meneer R.
Er liggen altijd twee snoepjes voor me klaar.
's Zondags krijg ik 3,50 euro.
Meneer R. gebruikt de krant als tafelkleed.
Het is mij wel eens gebeurd dat er een pannetje van de fiets is gevallen. Als je pech hebt, drupt de soep eruit. Dan moet je even kijken of het eten er nog wel goed in zit, anders moet je dit even tegen de kok zeggen.
Eerder deed ik twee pannetjes, maar in december is mevrouw R. overleden.
En als we een dag weggaan, moet ik iemand anders regelen.

Sander

Natuurlijk is dit verhaal verzonnen, maar de gebeurtenissen in Dinxperlo hebben de schrijver geïnspireerd.
Zo gaat dat.